環

李琴峰

U-NEXT

上京という言葉が嫌いだ。まるで東京が上で、地方が下みたいに聞こえる。沖縄から見ればともかく、北海道から東京に行くのは地図上、下へ向かっているのに、やはり「上京」と言う。首都と地方の上下関係が、「上京」という言葉に凝縮され、固定化されてしまっている。

それでも、かつての私は「上京」に憧れていた。「上京」という言葉は「星空」「旅立ち」「飛行機雲」みたいに響きが心地よく、字面もきらきらしているように見えた。それは夢や希望、未来といったものを連想させ、狭苦しい小さな鳥籠から連れ出してくれそうな魔法的な言葉のように、当時の私には感じられた。

台湾ではそういう言い方をしないよ、そう教えてくれたのはジェシカだった。もちろんこれは本名じゃない。本名はやや書きづらく、魏芷馨（ウェージーシン）という。付き合ったばかりの頃、私はよく彼女の名前を書き間違えた。魏の左上の「禾」を「木」に間違えたり、「芷」の草冠（くさかんむり）を失くしたり、「馨」を「香」「薫」「聲」と混同したりした。せっかくの香り高い名前なのにマヤちゃんに書かれるといつも台無しね、とその度くすりと笑いながらからかわれた。「馨」とは香りのことだし、「芷」もまた香りが強い植物だ。

ジェシカというのは彼女の英語名で、何でも、台湾では小学校の時から英語の授業で呼びやすいように、ほとんどの生徒は先生から英語名を授かるというのだ。大人になっても使い続け、会社でも英語名で呼び合う人がたくさんいるらしい。そんな英語名は本名と全く関係がなくてもいい。翁倩玉（ウォンチエンユー）がジュディ・オングになるのも、鄧麗君（ドンリージュン）がテレサ・テンになるのも、どちらも本名と何ら関係はない。近頃日本でもすっかり有名人になった唐鳳（タンフェン）ことオードリー・タンも、似たような感じだろう。ジェシカも日本にいた頃は英語名を名乗っていて、彼女の本名を知ったのは付き合い始めた後のことだった。

ジェシカによれば、台湾の首都である台北は北部にあり、台北に行くことを「上台（シャンタイ）

北(ベイ)」とみんな言うけれど、それは「北上」や「南下」と同じで、単に方向を示しているに過ぎない。日本語の「上京」とはだいぶ違うのだ。

「じゃさあ、もし尖閣諸島が台湾領で、そこに人が住んでいるとしたら、そこの住民が台北に行く時は『上台北』とは言わないのかな？」

と私が訊くと、

「こら、そんな危ない例、やめて」

と、彼女は私の手を取って軽く叩き、けらけら笑いながらたしなめた。ついさっきまで、中国船が尖閣諸島の周辺海域に侵入したとのニュースがテレビで流れていたのだ。付き合い始めて六年、ひねくれた性格の私が時々放つこのような毒のある冗談を受け流す術をジェシカは心得ている。思えば、彼女のような包容力と優しさがなければ、私たちがこんなに長く付き合い、結婚まで辿り着くこともなかったのかもしれない。これも年の功だろうか。彼女は私より六歳年上で、東京で出会ったとき私はまだ未熟な十八歳だったので、二十四歳の彼女は一人前の大人に見えていた。付き合い始めたのはその二年後だが、まさか彼女と一緒に台湾に渡り、結婚までする日が来るとは、当時の私には想像もできなかった。
夕食の後、私たちはソファに身体を沈め、見るともなしにテレビを眺めながら談笑していた。彼女は笑うと身体が小刻みに震え、背中までかかる長い髪の毛も肩の辺りで軽やかに躍動する。それを見ると、彼女の髪を触りたくなる。星も月もない真っ黒な夜空が滝になり、そのまま落ちてくるような滑らかな髪の毛に、自分の指を通して、そのひんやりとした感触を味わいたくなる。顔を寄せて頬ずり、微かに漂う香りをじっくり嗅ぎたくなる。彼女といると、かつての私が「上京」という言葉に夢見ていたきらきらした多くの物事が、今やほとんどこの手に入り、握り締められているような気になる。

ニュースのトピックが変わり、画面内で女子アナが抑揚の効いた中国語で各国の感染者数の推移を読み上げた。アメリカうん百万人でイギリスがうん十万人で日本がうん万人、累計死者数はアメリカうん十万人で世界合計百うん万人――それらの数字は、僅か半年前に自分もその渦中にいたにもかかわらず、今やガラス一枚隔てて眺めているような、どこか他人事のような気分。世界のあちこちに罅（ひび）が入っているのに、私とジェシカは国内感染者ゼロの台湾という名の無菌室で、静かに、穏やかな共同生活を営んでいる。

一緒に台湾へ行って、結婚しよう。ジェシカがそう言ってくれたのは、正体不明の新型ウイルスが日常をじわじわ蝕み始めた頃だった。日本ではあと十年経っても同性婚はできそうにないけど、台湾でならそれができる。ウイルスの封じ込めに成功している台湾だから、日本よりもずっと安全だ。心躍る提案だが、私はすぐに決心することができなかった。実家という小さな鳥籠から抜け出して東京へ渡り、数年かけてやっと見つけた仕事、手に入れた居場所、掴みかけたささやかな夢の始まりを、いくらあちこちでウイルスが蔓延っていても簡単に手放すことはできなかった。

迷っているうちに日本でも感染者が急増し、政府の感染症対策の迷走ぶりは火を見るより明らかなものになった。台湾で待ってるね、そう言い残して、ジェシカはあっさり仕事を辞め、三月初旬の帰国ラッシュで帰っていった。私は日本に残り、暫く事の成り行きを見守ることにした。やがて緊急事態宣言が発令され、街から人々の姿が消え、仕事も在宅勤務に切り替わった。一律配布マスクの異物混入問題や受注企業との癒着疑惑、給付金の職業差別、オリンピック延期など、連日連夜マスコミを騒がせた様々な事件に呆れながら、それでも東京に留まり、誰とも会わない単調な自粛生活の日々を流れ作業のように送り続けた。有名人が亡くなったニュースや、同性カップルが病院で面会を断られパートナーの最期に立ち会えなかったといった情報が耳に入る度に、心にぽっかり空いた穴が次第に広がっていくのを感じた。それでもやはり、もう少し、もう少し様子を見よう、と自分に言い聞かせ続けた。

移住の決意を固めたきっかけは、ほんの些細なことだった。緊急事態宣言が解除され、東京のあちこちに「感染防止徹底宣言」のレインボーマークが掲出された。レインボーと言えば、それは七〇年代から伝わる私たち性的少数者のプライドのシンボルだ。そんな歴史を無視し、鮮やかなビジュアルだけを恣意的に、無配慮に盗用した行政に、私は憤りを覚えた。別に虹というものに著作権があるわけではないのだからどう使おうが自由だろうが、だからこそこの怒りはやり場のないものになり、ひたすら心の中で溜まっていき、発酵し続け、駱駝(らくだ)の背を折った最後の藁(わら)となった。誰か行政の偉い人が、脂ぎった頭を光らせて仰(の)け反(ぞ)り返りながら、「ステッカーの画像？　虹とかいいんじゃない？　カラフルで」と適当に言った一言がそのまま政策として実現されたという想像が、頭にこびりついて離れない。

それはちょうど、新宿二丁目を含む「夜の街」が感染拡大を招く悪者として盛んに叩かれていた頃でもあった。街で「感染防止徹底宣言」のステッカーを見かける度、この国は私たちに何もしてくれないくせに大事なシンボルだけを収奪していった、結婚もできず、制度的な保障もなく、法整備も遅々として進まない、政治家による差別発言ばかり数え切れないほど繰り返され、数少ない居場所さえも奪われ続ける、そんな不当感が強まる一方だった。そのうち、かつて憧れていた東京の高層ビルの群れと煌びやかなネオンの海までもがぐにゃりと曲がり、歪な形になり、この上なく醜悪なものに映った。このまま居続ければいよいよ参ってしまう、そう気づいてから、私はジェシカに連絡し、三年半勤めた会社を辞め、台湾移住の準備を始めた。

最初の頃は慌ただしかった。空っぽの飛行機を降りるとすぐ台湾のＳＩＭカードの取得手続きをさせられ、同じぐらいがらんとした到着ロビーで防護服姿のスタッフによって全身消毒が施された。空港を出ると、入国者専用のタクシーに乗せられて事前予約した防疫ホテルへ運ばれ、そのまま二週間の隔離措置に入る。隔離期間が明けるとジェシカが借りているアパートに入居し、そこからは戸籍や身分証の取得、健康保険加入、口座開設など手続きの連続だった。それらの手続きは、これまで一度もその土を踏んだことのないもう一つの母国に近づくための儀式のように、私には感じられた。

　ようやく全ての準備が整い、ジェシカと一緒に台北の役所で婚姻届を出してきたのは八月中旬、亜熱帯の太陽が照りつける猛暑日だった。それまでは一度も自分自身に結び付けて考えたことのない、日本にいれば選択肢としてすら与えられなかった「結婚」というものは、台湾の身分証裏の配偶者欄に印字された「魏芷馨」の三文字によって、これ以上ないほど鮮明でかけがえのない現実として浮かび上がった。その名前をぼんやり眺めていると、全身がバターみたいにとろけていくような感触とともに、身体の奥底から暖かい流れが湧き上がった。ペイ、オウ。ジェシカが仕事で出かけた後の誰もいない家で、私は噛み締めるように一音節ずつ区切りながら、何度も声に出して読み上げた。ウェー、ジー、シン。まるでこの現実が泡沫（うたかた）みたいにパチッと弾けて消えることのないよう、ささやかな祈りを捧げているかのように。配（ペイ）、偶（オウ）。魏（ウェー）、芷（ジー）、馨（シン）。配、偶。魏、芷、馨……。
寒川茉彌（ハンチュアンモーミー）、と点呼で呼ばれ、有（ヨオ）、と返事をするのが日課となっている。すると先生はにっこりと微笑みを浮かべ、ちらとこちらへ目をやってから、再び出席簿に視線を戻し、そこにチェックを入れる。

台湾師範大学国語教学センターで中国語を学び始めたのは、秋学期の九月からだった。中国語を聞くと母を思い出すから日本にいた頃は習うのに抵抗があったが、台湾で仕事を探すならやはり中国語が必須だからと、ジェシカが授業料を出して通わせてくれた。

日本にいた時、私は寒川（さんがわ）マヤだった。下の名前に漢字が使われなかったのは、この名前をつけた人、つまり私が父と呼んでいた男は漢字が苦手だったかららしい。彼は母の名前すら正しく覚えていなかったのだろう。台湾からやってきた母の名前には日本の人名用漢字にない文字が含まれていたため、彼女はいつも片仮名でそれを書き、その名前で呼ばれていた。父が漢字で母の名前を書くのを一度も見たことがない。

「お母さんの名前はどんな字だったの？」麥娜蒂（マイナーディー）が興味津々に訊いてきた。

授業が終わった後、私はアメリカからの留学生、麥娜蒂とお茶をしながら雑談していた。十月になってやっと暑さが和らぎ、汗をかかずに済む天気になる。かといって寒くもなく、半袖一枚でちょうどいい。午後の陽射しが伸びをする猫のように気だるげにキャンパスの芝生に降り注ぎ、生徒たちはその光の中で悠然と散歩したり、ベンチに腰かけてお喋りしたりしていた。ざっと数えて、マスクをつけている人は約半分だ。キャンパスの外、和平東路という大通りからは車がひっきりなしに通り過ぎるゴーゴーという音が、一定の周波数の変化を保ちながら伝わってきた。

「知らない。見たことないし、訊こうと思ったこともない」私は小さく頭を振りながら答えた。

麥娜蒂は私より二歳年上で、台湾にはもう六年間も住んでいる。今は台湾大学の博士課程で東洋史学を専攻する傍らに、師範大学で中国語の勉強をしている。流行り病が襲いかかってきてからも帰国せず、台湾に留まった彼女は私が中国語クラスでできた最初にして唯一の友人だ。私が日本人の父と台湾人の母の間で生まれたハーフなのを知っているのも彼女だけだった。私の出自を聞くと大抵の人は「半分は台湾人のくせに中国語は下手だね」みたいな困る反応を示すからその情報は積極的に開示しないようにしているが、麥娜蒂は母方の祖母が広東系移民でありながら中国語も広東語もできなかったので、私の事情を理解してくれている。頭がよく、会話もウィットに富む彼女と話をしていると、しばしば魅せられる。

台湾生活で必要な様々な手続きがスムーズに行えるように、そして現地の人が呼びやすいように、多くの外国人は台湾に来ると漢字による中国語名をつける。麥娜蒂も例外ではない。彼女の本名はNadia Martinezで、麥はラストネーム、娜蒂はファーストネームの発音にそれぞれ似せてつけたものだ。同じ理由で、私も自分の名前の「マヤ」に、「茉彌」という字を当てた。自分の意思で選んだこの二文字があるからこそ、嫌いだった寒川という名字も何とか我慢できる気がした。

「家族とは仲がよくないの？」

と麥娜蒂が訊いた。彼女とは英語で意思疎通を図っている。

「そんなもの望んでないから」

キャンパスの方へ目をやりながらアイスティーを一口啜（すす）り、なるべく感情が読み取れない口調で答えた。夕方に近づくにつれ陽射しの角度も徐々に傾き、あと少しで教棟に隠れて見えなくなる。地面に落とされた万物の影がゆっくり伸びていく。

　まあね、というふうに麥娜蒂は肩をすくめた。

「望んでもなかなか手に入らないもの、自由（リバティー）、学位（ディグリー）、給料（サラリー）。望まなくても勝手についてくるもの、家族（ファミリー）、カロリー、政府（ミニストリー）」

　私は彼女と顔を見合わせ、次の瞬間、どちらからともなくくすっと吹き出した。涼しげな笑い声がキャンパスに響き渡り、緩やかに宙へ上ってすっと消えていく。笑いながら、生まれ育った島を取り囲んでいた騒がしい波の音が頭の中で蘇り、中から耳をくすぐった。大丈夫、と私は自分に言い聞かせた。ここまで来たのだから、きっともう大丈夫だ。

*

東京へ渡る前、私は瀬戸内海に浮かぶたくさんある離島の一つで暮らしていた。醤油やオリーブが主産物で、観光業もそれなりに盛んな島だった。シーズンになると観光客が大挙して押し寄せ、干潮時にしか現れない砂浜の小道や紅葉に彩られた渓谷を楽しんだが、それ以外の時間は人が少なく長閑だった。家の前の道路を車が通ることすら滅多にない。家の中にいても耳を澄ましていると、爽やかな波の音が微かに聞こえてきて、何かの秘密を囁いているかのようだった。浜辺まで歩いていくと、陽射しを照り返してきらきら輝く碧の海原が見えた。子供の頃はよく突堤に座り、冷たい海水の中で足をパタパタさせながら、夕陽が落ちていき、海面を血の色に染め上げていくのを一人で眺めていた。

太陽が沈み、青い空が暗闇に蝕まれると、碧の海は果ての見えない黒い死の水になる。囁くような波の音すら、その水底に潜む得体の知れない獣の唸り声のように聞こえてくる。闇の彼方から、父がへらへらしながらひょこっと帰ってくる。父は島々と本土を連絡する海運会社の仕事をしていて、年がら年中、海のしょっぱいにおいと、魚の生臭さ、そして饐えた汗のにおいが入り混じった体臭を纏っていた。時にはその体臭に酒臭さも加わった。彼の身体から酒臭さがにおってくる夜、母はいつも怯える顔で私を奥の小部屋に押し込めた。当時は物置として使われていた、畳敷きで、微かに黴(かび)のにおいがする真っ暗な部屋だった。リビングの方から、父の咆哮と楽しげな高笑い、母の金切り声、硬いものが肉にぶつかる鈍い音、そして酒瓶が割れて破片が砕け散る澄んだ音が伝わってくる。父は凶暴な獣となって猛り狂い、母をストレス解消用人形のように殴り、四方八方へぶつけ、ぶん投げ、放り出す。疲れるとその辺に寝そべり、ぐっすり鼾(いびき)を掻き始める。彼が眠りにつくまで、私は小部屋の片隅で小さく縮こまり、このまま暗闇に融け込んでなくなりたいと願いながらぶるぶる震えた。

　朝日が昇ると父は目を覚まし、何もなかったように海へ出ていく。部屋を出ると、母はリビングの床に跪(ひざまず)き、無言で片付けをしていた。狭いリビングにはガラス瓶の破片や壊れた家具の欠片(かけら)が散乱し、汗と酒と血が混ざった液体が水たまりを作っていた。傍へ近寄ると、母は私を抱き寄せ、ぎゅっときつく抱き締めた。

「あんたは、ちゃあんと勉強しなきゃ、ダメ」

　母は私の目をじっと見つめながら、舌足らずの日本語で言った。「ママ勉強しなかった、だからこうなった。あんた、ママみたいなるは、ダメ。分かる？」
首を縦にも横にも振れないほど、母は私をきつく抱き締めていた。少し痛いけど、もがいて抵抗しても母は手を離そうとしなかった。母の顔や首に、袖から伸びている腕に、ところどころ深紫の痣や茶褐色の傷口が這い回っていた。家の中は、微かに錆びた鉄のにおいがした。

獣が黒い水に呑み込まれていなくなったのは、私が小学二年生の時のことだった。それを聞かされた時、母は悲しいようでも、ほっとしたようでもなく、ただ無表情で立ち尽くしただけだった。その日、夜になると、私はこっそり家を抜け出し、自分の力で持ち上げ得る限りの大きく重たい石を見つけては海辺へ運び、黒い水の中へ沈めた。それらが重石となって獣を封じ込め、二度と戻ってこられないようにと願った。

父の遺産と労災保険、そして遺族年金を元手に、母は小さな中華食堂をオープンし、朝から晩まで働いた。母に対する哀れみなのか、最初の頃は父の同僚や近所の人々がよく来てくれて、アルバイトを雇わなければ回らないほど店が繁盛していたが、何年か経つと次第に足が遠のき、観光客が主な客層となった。それでも何とか家計は成り立ち、父がいた頃に比べ、母は遥かに明るくなったように見えた。

　父がいないこと、そして日本語がスムーズに通じない母を持っていることで、私は学校でよくからかわれた。クラスの男子たちはわざと母の訛りと喋り方を大袈裟に真似しながら、話しかけてきては哄笑(こうしょう)した。マヤ、宿題忘れる、ダメ、ちゃあんとしなきゃ、ダメね、ママ怒るヨ。知らないはずはないのに、担任でさえ彼らが発した嘲りの言葉を涼しい顔で看過していた。

　クラスメイトの言葉を背中で受け流す知恵を、私は早くから身につけていたが、一回心底カッとなって、男子の一人に飛びかかって彼を床に押し倒した。倒れた時の頭の打ち所が悪かったのか、その男子は軽い脳震盪になって病院送りになった。その日の放課後、担任は面倒くさそうな顔で家を訪ねてきて、お宅の娘さんは成績優秀で頭もいいけどね、集団生活にはどうもうまく馴染めなくてこちらも迷惑しているんだよ、お母さんからもちゃんとしつけてくれないかな、というようなことを繰り返し言い、理解できたのかできなかったのか、母はただひたすらペコペコ頭を下げて、すみません、ごめんなさい、もうしません、と謝り続けた。

担任が帰っていくと、母は私の前で見せつけるように泣き崩れ、髪を振り乱しながら、あんたのためを思って言ってるのよ、なんで母さんの言う通りにできないの、なんで周りの人みたいにちゃんとできないの、なんであたしはこんな辛い人生を送らなければならないのよ、みたいなことを、日本語、中国語と台湾語が入り混じった言葉で叫び喚いた。母は気持ちが昂(たかぶ)るとそういうごちゃ混ぜの言葉になるので、日本語とは異質な中国語と台湾語の響きは私の記憶では、母の怒り狂ったような泣き顔と結び付けられていた。それは私が悪いことをした時に向けられる言葉なのだ、というふうに。母の言葉は半分しか理解できなかったけれど、その時、自分は母を悲しませ、泣かせるだけの世界一悪い子供のように感じられ、胸が締め付けられるように苦しかった。

その後、どんな言葉を投げかけられても、数人がかりで取り囲まれ机をバンバン叩かれて威嚇されても、頭を小突かれても、私は無視を決め込み、決して相手にしようとしなかった。母を悲しませないために、教科書や筆箱がゴミ箱に捨てられても、机やランドセルが修正液で落書きされても、返ってきた答案がくしゃくしゃにされても、私は反抗的な態度を取らなかった。子供が考えつく程度の悪戯なんてたかが知れている。ドアに挟んだ黒板消しを落とされたり、授業中に後ろから消しゴムを投げつけられたりといった下手で見え透いた悪戯にも、三回に一回は引っかかってやった。そうしなければ、おふざけがどんどんエスカレートしていくことを知っていたからだ。

　学校の人たちと関わる代わりに、私は本の世界へ逃げ込んだ。本で描かれている巨大都市・東京がひどく魅力的に映った。日が沈むと真っ暗になる侘しい島とは違い、そこには深夜まで煌々と輝くネオンの海、視界の彼方まで広がるジャングルのような高層ビル群、道路をひっきりなしに流れる光の川、眠らない賑やかな街がある。映画館もゲームセンターも大きな本屋もあって、楽しみがいっぱい。何より、島の何百倍もの人がいる、そう想像するだけで気が遠くなる。そんなにたくさん人間がいれば、その中に紛れ込んで、目立たずに生きていくのもきっと難しいことではないだろう。いつか島を出て東京に行きたい、と私は密かに思った。

　中学校に上がってからは幼稚な悪戯が次第になくなり、私にもよくつるむ仲間が何人かできた。私たちはよく学校をサボり、バイクに乗ってあちこち遊び回った。切符を買わずこっそり船に乗り込み、本土へ渡ることもした。そんなちっぽけな悪事を働くことで周りとの繋がりを確認しては安心し、それなりに楽しかったが、私は常に、どこか冷めた目で自分と周りの人たちを俯瞰していた。勃起し射精できる男子と、生理が始まって妊娠ができる女子。身体だけが一丁前に成熟しているのに、精神はまだサル同然だ。男子は電気あんまやかんちょーといったおふざけに興じ、女子はイケメンやアイドルの写真を回覧してはキャッキャッ騒いだ。そんな人間の群れが学校という檻に閉じ込められていると、様々な色恋沙汰と当たり前のように付き纏う僻み(ひが)や妬み(ねた)、恨みといった負の感情、そしてそこから来る厄介な揉め事があちこちで勃発していた。その中に巻き込まれそうになったことも何度かあり、うんざりすることもままあった。とはいえ、そんなうんざりを決して表に出さず、私は上辺だけでも彼ら彼女たちと何とか良好な関係を維持しようと努めた。人畜無害の顔をすること、他人の色恋沙汰には首を突っ込まないこと、そして宿題を写させること、そうしさえすれば仲間に入れてくれる単純さは寧ろ可愛いものだ。

仲間と働いた自己満足のようなちっぽけな悪事は、母にばれないよう気は配っていた。宿題はちゃんとこなし、テストは高得点を取り、順位はいつもトップだった。それが母の望んだものなので、通知表さえ渡せば彼女は満足だった。しっかり勉強すれば自分みたいな惨めな人生を送らなくて済む、そう彼女は心の底から信じていたようだった。中学校レベルの勉強など学校の授業を受けなくても、自分で教科書を読めば大抵のテストはそこそこの点が取れる。周りのレベルも高くないし、順位の維持は簡単だった。

それでも学校に行っていないのがばれたことが何度かあった。そんな時、母はやはり見せつけるように泣いて叫んで喚いた。自分の苦労を強調し、自分の人生の惨めさを嘆き、私の不出来を責め立てた。父と違い、母は私に手を上げたことがなかった。彼女は違う方法で私を支配していた。そんな支配の手口を見抜いていた私は、その手に乗らないと決めた。一度決めたら、彼女が垂れ流す悲嘆と怨嗟、そしてけたたましい慟哭を聞き流すのは容易かった。翌日になると、私はやはり何食わぬ顔をして、悪友たちとつるんだ。

しかし、そんなことを何度も繰り返すうちに、母の反応は次第にエスカレートしていった。中学三年生のある日、私たちはいつものようにこっそり本土へ渡った。市街地で遊んでいるうちに、島へ戻る最後の船に乗りそびれた。仕方なく、本土でホテルを取り、そこで一泊した。翌日島へ戻り、家に帰ると、まだ同級生が近くにいるにもかかわらず、母は玄関口で泣き出し、私を一頻り痛罵した。しまいには、こんな悪い子はもう手に負えない、警察に連れていってもらって刑務所にでも入ってくれ、みたいなことを言い出して、本当に受話器を手に取るや一一〇番をかけた。流石に私も慌てて出して、やめて、お願い、もうしないから許して、と膝をついて懇願した。本当に連れていかれると思ったのではなく、大ごとにしてほしくないから何とか母を宥めようとしたのだ。結局、二人があまりにも騒がしいし、母も意味不明な言葉で喚いていたから、受話器の向こうにいる警察官は何か大変な事件が起こったかと思ったらしく、十分もしないうちに家まで駆けつけてきた。

警察沙汰にまでなったあの時の騒ぎは隣近所を介して瞬く間に学校中に知れ渡り、笑いの種にされた。それが私の一番避けたかったことだった。暫くの間、廊下を歩いている時も、食堂で食事を取っている時も、トイレに行く時も、いい子にしないと警察に連れてってもらうよ、お母さんに刑務所にぶち込まれるよ、刑務所の飯は美味いかい、とふざけながらからかわれた。小学校時代の悪夢がまた蘇り、この島にいる限り、私はいつまで経っても母と同じように異物扱いされるだろうと悟った。ここから逃げたい、今すぐにでも島を出ていきたい、何より母の束縛と支配から抜け出したい、と私は思った。家を出て、島を離れ、東京に行かなければならない。子供の時からずっと憧れていた東京だ。東京まで行ったら、こんな島なんて二度と戻ってくるものか。心の中で、私は改めて決意を固めた。

家出の決意が固まると、私は誰にも言わず、一人で念入りに計画を練り始めた。まずは中学校を卒業しなければならない。中学校を卒業しないとアルバイトもできず、とても生きていけそうにない。高校の学生証が手に入れば身元証明書類として何かと役に立つので、とりあえず高校には入っておくことにした。証明書類と言えば、原付免許は十六歳から取れるので、それも取っておこう。そして携帯電話。母の方針で、私は携帯もパソコンも持たせてもらえなかった。テレビも店に置く用の一台だけ。そんなものは勉強の邪魔だ、と母は言っていた。

本当は東京の高校を受験できれば家出をする必要なんてなかった。しかし母はそれを許さなかった。ちゃんと勉強して一流大学に入って立派な人間になってほしいといつも言っているくせに、リソースが充実している都会の学校ではなく、島に二つしかない高校のどちらかに入れと言うのだ。私が離れることがよほど怖かったのだろう。母の言う通り島の高校を受験することにし、その代わり、高校に受かったら携帯を買ってほしいと頼んだ。母はその交換条件を飲んでくれた。

高校は難なく合格し、私は初めての携帯電話を手に入れた。十六歳になると原付の免許も取った。原付は当然乗りこなしていた。それからずっと決行の機会を窺っていた。

機会が訪れたのは高校二年生に上がってからだった。母は年に二回、お寺に参拝に行く習慣がある。大抵私も連れていかれるが、その日は仮病を使い、布団から立ち上がることすらままならない振りをし、母を騙すことに成功した。母が出かけるとすぐ、私も家を抜け出した。荷物はとっくにまとめてあった。母が管理していた私の名義の印鑑と通帳、身元証明書類、役所から取ってきた住民票、数日間の着替え、携帯電話、そして一番大事なお金。母が家に置いていた現金を全部持ち出したら、三十万はあった。荷物が入ったリュックを背負い、普段あまり着ない服を身につけ、マスクをし、キャップを被ると、誰にも見咎められず島を出る船に乗り込むことができた。携帯は暫く全受信を拒否する設定にし、本土の市街地に着くと早速携帯ショップで番号を変えた。それから切符を購入し、夜行バスに乗って東京へ向かう。次の朝日を見た時、バスは既に憧れていた新宿のバスターミナルに止まっていた。

*

台湾に来てから、私は時々考える。母は何故台湾を離れ、日本の離島へ渡ったのだろう。何故そこで結婚し、子供まで産んだのだろう。家出かもしれないし、駆け落ちかもしれない。あるいは不法入国し、在留資格を得るために父と結婚したのかもしれない。可能性は無限にある。子供の時はそういう疑問を抱いたことが一度もなかった。親はただ親として、生まれた時から当たり前のようにそこに存在していた。

母は、東京の品川や丸の内で働いているようなエリート外国人たちとは明らかに違っていた。あの島では外国人自体が少なく、日本語も不自由な母の苦労はいかばかりのものか、想像するだけでぞっとする。とはいえ、それは大人になり、過去と距離を置いた今だからこそできる想像であり、島にいた頃の私は、ただあそこから、母から逃げ出すことだけを考えていた。

ジェシカがまだ帰っていないのだろう、家の中はしんとしていて、人の気配がしない。薄暗く古びた階段を四階まで上り、鉄と木の二重扉の鍵穴にそれぞれ鍵を差し込んでドアを開けると、鉄の窓格子を嵌めたベランダがまず目に入った。防犯上の理由で、台湾では多くの家がベランダや窓に鉄格子を嵌めている。鉄格子の向こうでは、濃藍の宵闇に包まれる空が広がっていた。

ベランダで靴を脱ぎ、すりガラスの引き戸を開け、家の中に入る。リビングも薄闇に浸っているがそこの電気はつけず、棚や机など家具のぼんやりした輪郭だけを頼りに自分の部屋に入る。陽の当たりが悪いからか、子供の時の部屋とは違う種類の黴臭さが微かに漂っている。部屋の電気をつけると、真っ白な壁に這っている細かな罅が浮かび上がり、目を逸らしたくなる。荷物を下ろしてマスクを外し、バスルームに行って手を洗ってから、ジェシカにＬＩＮＥメッセージを送ってみた。

〈家に着いた。夕食どうする？　作っとこうか？〉

机の前に座り、カバンから教科書を取り出すと、スマホが振動し、メッセージが返ってきた。

〈買って帰るから大丈夫よ〉

仕事中のはずなのにすぐ返事してくるところを微笑ましく思いながら、

〈分かった、待ってるね〉

と、返事を打ち、送信。すると、〈お任せあれ〉の文字が書いてある、親指を立てているアニメキャラクターのスタンプが返ってくる。

中正区（ちゅうせい）にあるこの２ＬＤＫ（といってもこれは日本風の言い方で、台湾風に直すと両房一庁一衛と言う）のアパートは、ざっと見積もって築四十年は経っているという風貌だった。内装はリフォームしてあるから普通に生活していると築年数はあまり気にならないが、それでも一階の鉄ゲートの錆び具合や、インターフォンの機種、そして廊下や内階段の薄汚さなどは、この建物が耐えてきた歳月の長さを物語っている。管理している人がいないのかサボっているのか、共用部に当たる階段の踊り場の隅っこでは蜘蛛の巣がかかっていて、鼠の糞と思われる黒く丸っこい物体が塊となって落ちている。時々サプライズの如くゴキブリの死骸が転がっていることもあるから、階段を上る時は少しも油断ならない。

台北の賃貸物件なんて大体こんなもん、とジェシカは言っていた。不動産価格が馬鹿みたいに高騰している台北では若者にとってマイホーム購入なんて望めるはずもなく、よほどの富裕層でない限り借り家に住んでいる。家賃は東京ほど高くないが、それでも政府機関や名門学校が集まっている中正区という好立地とあっては、たとえ築うん十年であっても賃料は侮れない。働いておらず収入がなく、それどころか奨学金という名の借金を数百万円背負っている私には、当然家賃を払う術がない。家賃にしろ授業料にしろ、ジェシカに頼りっぱなしだ。いくら結婚しているからといって、彼女には頭が上がらない。

島に住んでいた頃、私は普通の親のもとで生まれなかったことをひどく恨んだ。異物の母を持ってしまったせいで、私まで異物扱いされ、辛い思いをさせられていた。普通の親――我流のめちゃくちゃな言葉ではなく流暢な日本語を操れる、普通の日本人の親――のもとで生まれ、普通の生活を送っていた同級生たちが羨ましくて、私は自分の母の出自をひたすら隠そうとしていた。東京に渡ってからもそれは滅多に他人に明かさず、あたかも日本以外の国とは一切関係を持ったことがなかったかのように振る舞ってきた。大学では中国語の授業を取ろうかと一瞬迷ったがすぐにやめ、第二外国語は周りに合わせて人気のフランス語にした。

　しかし皮肉なことに、世界中が鎖国状態同然のこのご時世にスムーズに台湾へ入国できたのも、そしてジェシカと結婚できたのも、悉く台湾人の母を持ったおかげだった。台湾の同性婚制度は、相手が外国人の場合、相手の国も同性婚を認めていないと結婚できないということになっている。もし私が日本人の両親のもとで生まれ、日本国籍しか持っていない普通の日本人だったら、ジェシカとは結婚できなかった。放置したまま一度も活用したことがなかった二重国籍の状態は、思わぬところで役に立ったのだ。

机の前で今日の授業で習った中国語を復習していると、ベランダの方から、ガチャン、と金属の錠前が外れる音がし、続いて、ドン、と今度はやや鈍い解錠音が聞こえた。

「ただいま」とジェシカの明るい声が伝わってきた。

「お帰り」

私はリビングに出て、彼女を出迎えた。

この「ただいま」「お帰り」のやり取りは二人とも日本にいた頃に培った習慣だ。私はまだ中国語がさほど上手くないので、彼女は私に合わせて日本語で話してくれる。日本にいた頃、彼女は日本語学校に二年間通った上、日本企業で働いていたから、微妙な文法の間違いが見られたり発音の訛りを感じたり、難しい言葉や慣用句が通じなかったりすることがあるものの、日常的な意思疎通はほとんど滞りなく行える。

「滷味（ルーウェイ）、買ってきたよ」

闇に沈んだ空を背景に、見慣れたジェシカの輪郭が浮かび上がる。リビングの電気をつけ、彼女はそう言いながら茶色っぽい汁物が入っているビニール袋を机に置いた。

それからマスクを外し、バスルームで手を洗ってきた。

「やった、ありがとう」

滷味というのは台湾のどこでも売っている庶民的なグルメで、漢方薬の入った醬油ベースのスープで様々な食材を煮込んだもの。味付けこそ違うものの、感覚的にはおでんに近い。食材はキャベツや卵、ウィンナー、中華麵といったよくあるものから、アヒルの首や手羽先、豚の腸や心臓など、日本育ちの私には少々ハードルが高いものまでと幅広い。おかずとしてご飯と一緒に食べるととても箸が進み、私も台湾に来てからその味が好きになった。

「今日はどうだった？」

滷味を箸で突きながら、何となく訊いてみた。

「特に変わってないね。クライアントうるさいし、リクエスト多いし、もう直す直す、何遍も直すしかない」

ジェシカは大学では情報工学を専攻していて、今はＩＴ企業でプログラマーとして勤めている。日本で言うところの過労死ラインを余裕で超えることが多い激務の業界である反面、収入も相当のものらしい。

「お疲れ。たくさん食べて疲れを取ってね」

言いながら、私は箸でアヒルの首を挟んで彼女のお椀に入れてあげた。それは彼女の好物だと知っているからだ。しかしその瞬間、これは彼女のお金で買ったものなのにお前はなんて恩着せがましいことを言うんだ、という自分の声が頭の中で聞こえてきて、気持ちが少し暗くなった。

彼女はそんなことを気にする様子がなく、

「ありがと」

と、微笑みを浮かべながら言った。

三月に日本の会社を辞めて台湾に帰ってきたばかりで、しかも二週間の隔離期間と一週間の自主健康管理期間があったにもかかわらず、四月には今の職場に就いた彼女の有能さには実に感心した。台湾はもともより転職率が高く人材の流動が激しいという点を差し引いても、確固たるスキルがなければ帰国早々すぐ働き口を見つけることなんて相当難しいだろう。一方で私は二十代も後半に差し掛かっているのに、正規の仕事はおろかアルバイトの当てもなく、彼女が稼いだお金で生活している。こんなことは焦っても仕方がないと分かっていても、時々その事実を思い出すと、焦燥感に駆られた。

そんな私の心境とは無関係に、ジェシカは笑いながら同僚の話をしている。もともと男性がほとんどの業界なので久しぶりに入ってきた女性ということで男性陣はみんなジェシカの入社を楽しみにしていたのに、まさかのレズビアンと知ってみんなひどくがっかりした、とかそういう話だった。私は最近教科書で読まされた中国語の文章の話をし、彼女はその文章の言葉遣いの古臭さを指摘しては笑った。雑談していると、ごく自然に新型ウイルスのことに話題が移った。パンデミックが始まってからというもの、誰と話してもどうしたってこの話題になる。パンデミック前の、今日はお天気がいいね、明日は雨が降るかも、みたいな感覚で、また感染者が増えたね、いつ収まるんだろう、という言葉が挨拶代わりになっている。そういう現状にはいい加減飽きてきたが、しかし家と学校を往復するだけの生活を送っている私には面白い話題を提供できるはずもない。

ブー、とブザーのようなチャイムが鳴った。ジェシカは席を立ってインターフォンのところへ行って応答した。あまり聞き取れない中国語の会話が一頻り続いた後、

「大家だよ」

とジェシカは日本語で私に一言言ってから、解錠ボタンを押した。

大家さんは同じ建物の三階に住んでいる五十代の夫婦で、妻の方は時々近くで見かける。くるくるパーマをかけていて、いつも花柄のTシャツに単色の長ズボンを穿いている彼女は、台湾では割かしよく見かけるタイプのおばさんだ。そんな彼女は大きな土鍋を両手で胸の辺りに抱えひょこっとベランダに現れると、車のクラクションに負けない声量で、

「都在啊?來來來,給妳們加菜!(二人ともいるんだね? さささあ、追加のおかずを持ってきたよ)」

と言いながら家に入ってきた。そしてラップをかけた鍋をテーブルに置いた。薬膳の癖のある香りが、微かな加齢臭に混じって鼻を突く。

「我做了四神排骨湯,年輕人多喝一些,補補身子。(四神排骨スープを作ったよ。若

いもんはたくさん飲んで栄養をつけなきゃ）」

四神スープというのは四種類（どの四種類かは知らない）の漢方薬で作った薬膳スープで、四神排骨スープとは名前の通り、四神スープに排骨、つまり豚のスペアリブを入れて一緒に煮込んだものである。これも台湾でよく見る料理だ。

土鍋の中では、豚肉の塊と名前の知らない種々の漢方薬が脂っこいスープの表面にたくさん浮かんでいる。

「這怎麼好意思呢?·讓您費心了。（そんな、気を遣わせてしまってごめんなさい）」

ジェシカが返すと、

「這沒什麼，我不小心做多了，就想說拿來分給妳們。（大したことないって。作り過ぎたから、お裾分けしようと思っただけ）」

と、大家さんは顔を綻ばせながら言った。笑うと、心なしか顔についていた加齢斑も薄くなった気がする。

「您太客氣了。要不要坐一坐，留下來吃頓飯?·可以到廚房去洗個手。（本当にすみません。よかったらご飯を食べていきませんか？　キッチンで手が洗えます）」

とジェシカも笑みを浮かべながら礼儀正しく応対した。さりげなく「キッチンで手が洗えます」と言ったのは、手を洗ってきてほしいという婉曲的な意思表明だと私には分かった。大家さんはマスクもつけていない。台湾ではウイルスが封じ込められていると分かっていても、マスクをつけていない人がすぐ近くにいると、私はやはり少しぴりつくような緊張感を覚える。

「我就不坐了，還得回去收拾餐桌。我家那隻懶鬼妳們也知道的，都不懂得幫忙。（遠慮しとくよ、家に帰って食卓を片付けないといけないからね。うちの怠け者はほら、あなたたちも知っての通り、全く手伝おうとしないんだから）」

ジェシカの意図が伝わらなかったようで、大家さんは饒舌に喋り続けた。さほど広くない家に、彼女の声が木霊（こだま）する。「妳們喝完了也不用洗，鍋子放在我門前就好了，知道嗎？那我先回去囉。（飲み終わったら洗わなくていいから、器はうちのドアの前に置いとけばいい、分かった？　じゃ、またね）」

言い終わると、大家さんはそそくさとベランダに出てドアを開け、帰っていった。

急に静かになったリビングで、私とジェシカは黙って大家さんが運んできてくれた四神排骨スープを暫く見つめた。声にこそ出ていないものの、ジェシカも私と同じ、心の中で溜息を吐いているのをなんとなく感じ取れた。

「まあ、ゆっくり食べよう」

とジェシカが言った。その四神排骨スープは、明らかに二人が一食で食べ切れるような量ではなかった。「マヤちゃんはスープが苦手なら、豚肉食べればいい。後は私が食べる。ラップかけて冷蔵庫入れたら、暫く保管できる」

暫く保存できる、と私はなぞるように心の中でジェシカの日本語を訂正したが、口には出さなかった。

大家さんはとても情熱的な人間で、いつも優しく接してくれていて、たまにはさっきのように料理や果物、野菜などのお裾分けをくれる。決して悪い人ではないし、彼女のような優しい大家さんがいることで助けられたことも多々あるけれど、その溢れ出るような、有無を言わせないような親切さにどう対処すればいいか分からず、困ってしまう時があるのもまた事実だ。

今回の件で言うと、四神スープは私が苦手とする料理の代表格だ。ジェシカは食べられるけど、一人でこれくらいの量を消化するのは難しい。とはいえ、大家さんは純然たる親切心で、私たちのことを思ってわざわざ手料理を三階から運んできてくれたのだ。その善意は断れるはずもない。だからこそ、困る。

「ありがとう、そうする」と私は言った。

台湾に越してきて三か月経つが、身にしみて分かったことがある。台湾は首都の台北であっても、東京と比べれば人と人との距離が近い。大家さんと付き合いがあったり、近所の人間と顔見知りになったりすることがよくある。端午の節句や中秋の節句に粽（ちまき）や月餅を贈り合ったり、留守中に同じ建物の違う階に住んでいる人間が代わりに宅配を受け取ってくれたり、部屋着姿でゴミを出す時にばったり近所さんに会ってそのまま立ち話をしたりするのも日常茶飯事。東京で暮らしていた時、大家さんはおろか、隣に住んでいる人でさえ、その年齢も性別も職業も出身地も、背が高いのか低いのかも、どんな顔をしているのかも、私は何一つ知らなかったし、知ろうと思ったこともない。東京では至るところに無関心ゆえの心地よさがあり、私を安心させてくれる。そんな無関心の海に浸りながら、私も無関心を貫いていた。にもかかわらず、台北に住んでいると、大家さんの家族構成や同じ建物に住んでいる人間の職業や素性くらい、ごく自然に耳に入る。

台湾で一番美しい風景は人間だ、台湾は人情味に溢れる島だ。政治家をはじめ、台湾で生まれ育った人たちは口々に言う。事実、何の疑問もなく他者に善意を向け、他者から善意を受け取る人が多い。みんな自分が相手に向けた善意が必ず相手にとってプラスに働くことを素朴に信じていて、微塵も疑っていないかに見える。善意は島を取り囲む潮騒のように、私たちの生活に深く入り込んでいる。しかしそのような人情味は、善意は、ベクトルを間違えればいとも簡単に独善的な介入、過剰な干渉、ひいては異物に対する排除といった暴力と化すということを、私は知っている。

「そう言えば」

ジェシカは土鍋の四神排骨スープをお椀に移し替えながら、思い出したように言った。「来年の二月なんだけど」

「うん?」私は相槌を打った。

「旧暦の大晦日に、年夜飯（ニエンイエーファン）と言って、台湾では家族みんなで一緒にご飯を食べる習慣があって、私も家に帰るんだけど」

私は黙ってジェシカの話を聞いた。「家に帰る」という表現が引っかかった。今私たちが生活をともにしているこの空間、これがあなたの家、私たちの家じゃないの？　なのにまた他の家に帰るの？　とはいえ、これはジェシカが「実家」や「帰省」といったより精確な表現が咄嗟に出てこなかったがゆえの言い回しに過ぎないということを、私は当然知っている。

ジェシカは話し続けた。

「マヤちゃんは台湾では家族がいないよね？　私と帰って、一緒に年夜飯を食べようよ。いい機会だから、私の家族を紹介するね」

私の家族を紹介するね。

私の、家族。

体温が急激に下がっていくのを感じる。頭の中で、島の潮騒が鳴り響いた。ザァーッ。

ザァーッ。

「家族って、誰がいるの？」と私は訊いた。

両親を含め、ジェシカの親族には一度も会ったことがない。私たちは元々東京に住んでいたので台湾にいる彼女の親族に会う機会はもちろんなかったし、台湾に移り住んでからはまだ日が浅い。結婚にしても婚姻届を出しただけで、顔合わせとか、結婚式とか披露宴とか、そういったものは一切やらなかった。ジェシカはやりたいとは言わなかったし、私もない方が色々と楽だった。

「みんな来るよ。私の両親と兄弟、お祖父さんとお祖母さん、お父さんの兄弟と彼の子供とか、人がいっぱいいで賑やかだよ」

十六年も私を取り囲んでいた潮騒が頭の中でさんざめき、鼓膜をくすぐる。

ザアーッ。ザザアーッ。

「どうしたの？　ぼうっとして。何考えてるの？」

と、ジェシカは訝し気に私の顔を覗き込んだ。

「ううん、何でもない」

私は慌てて首を振った。

ジェシカは私を見つめながら、何か考え事をする素振りを見せた。暫く経つとパッ

と顔を綻ばせて、

「大丈夫だよ、安心して。私たちが結婚したことは家族に言ってあるから、みんな認めてくれるよ」

と、慰めるように言った。

しかしその言葉で、心の中が更に波立ったように感じられた。

みんな認めてくれるから大丈夫。では認めてくれなかったら、どうするの？　そもそも私とあなたの関係は、今二人でともに過ごしているこの生活は、誰かに認めてもらわないといけないものなの？

「……旧暦の大晦日だよね。新暦で言うと、何日？」

心の細波（さざなみ）を隠すように、私は訊いた。

「えっと」

ジェシカはスマホを取り出し、カレンダーアプリを開く。台湾で生まれ育ったジェシカも新暦と旧暦の変換がすぐにはできないらしい。「二月十一日、木曜日」

「ちょっと予定を調べてみるね」

家と学校以外に行くところがない私に予定などあるはずもないが、敢えてそう言うことにした。まだ先のことだからか、ジェシカもそれ以上この話を続ける気はないらしく、会話は自然に他の話題へ移った。

しかし、その夕食を食べている間ずっと、波の音は鳴り止まなかった。ザザァーッ。ザザザザァーッ。

＊

実家という言葉も嫌いだ。自分の生まれた家が、父と母が住んでいる家が実の家だと、一体誰が決めたのだろう。私に言わせれば、自分の手で、血の滲むような努力をしてようやく手に入れた家の方が、よっぽど実家の名に相応しい。それでも東京で暮らしていると、実家はどこ？　とよく訊かれる。その度になんて答えればいいか分からず、戸惑ってしまう。

新宿駅西口の超高層ビル群、ダンジョンのような新宿駅と周辺の地下街、アルタの大型ビジョン、喧騒と雑踏に溢れる大通り、蜘蛛の巣のように張り巡らされた鉄道網。テレビでしか見たことのなかったそれらの事物が本当にこの世界に存在しているのだと、正に今目の前にあって手を伸ばせば届くような距離なのだと、そんな現実にいちいち興奮しながらあちこち歩き回った。

六月の晴れ渡る日だった。高層ビルのてっぺんに真っ白な陽射しが照り返してぎらぎらしていた。マルイ百貨店、紀伊國屋書店新宿本店、歌舞伎町一番街のアーチ、映画館のピカデリー、スイーツパラダイス、目についた全てが新鮮で、新宿駅周辺だけで丸一日が潰せた。大きなリュックを背負っているから通行の邪魔になったのか、擦れ違いざまに舌打ちをされたことも何度かあったが、全く気にしない。都庁の展望台に上り、東京を俯瞰した景色にうっとり見惚れていると、いつの間にか夕陽が沈み、夜の帳が下りていた。

お金はあるのだから泊まる場所には困らないだろう、そう高を括って東京とのハネムーンを一日中楽しんでいたのが迂闊だった。夜になってからホテルを探そうとすると多くの場所は満室で、空きがあるところでも、未成年の宿泊には親の同意が必要だと言って断られた。フロントのスタッフはみな、おうちはどちらですか、親御さんはご一緒じゃないんですか、などと訝しむ表情で訊いてきた。申し訳ございません、親御さんと連絡が取れない場合は宿泊をご遠慮いただいております、と、言葉だけはマニュアルを暗誦しているように丁寧だが、その眼差しはまるで疚しいことをしたガキを責めているように、私には感じられた。宿泊をご遠慮いただいております。断るのはそちらのくせに、まるでこちらが遠慮をしているような言い草。ネットカフェも何軒か回ったがやはり、未成年の方の夜間のご利用はご遠慮いただいております、と言われた。ただ法律が引いた成年というラインにまだ達していないだけで、何故遠慮しなければいけないのか。何故色々諦めなければならないのか。宿泊を遠慮したとして、利用を遠慮したとして、私はどうすればいいのか。道端にでも寝そべっていればいいのか。高架下で夜を明かせばいいのだろうか。

「お姉さん、お姉さん」

当てもなく夜の街を彷徨(さまよ)っていると、後ろから声をかけられた。振り返ると、スーツを着込んだ三十代のサラリーマン風の男が目の前に立っていた。

気付けば夜の歌舞伎町に足を踏み入れていて、一番街のアーチの赤い光は近くで毒々しく煌めいていた。人混みは渦を巻く蟻の群れのように密集し、びっしり並ぶ飲み屋の軒先で店員たちが客引きに勤しみ、媚びた女の声がスピーカーを通して大音量で流れる中、風俗案内所のきついピンクの看板が鮮やかに輝いている。

無言のまま男を見つめていると、彼は愛嬌のある笑顔を見せた。

「お姉さん、泊まる場所を探しているんですか？」

よほど途方に暮れている様子が傍からでも見て取れていたのだろう、男は一発で言い当てた。「ひょっとしたら、家出したんですか？」

そうとも違うとも言わず、しかしその場から離れることもできず、私はただ黙って男を見つめ続けた。相手が反応を示さないことに慣れているのか、男は滔々と喋り続けた。

「よかったらうちで一晩泊まっていきませんか？　ここから近いし、食べるものもありますよ」

やけに親しげな笑みを浮かべている男は、よく見ると山羊のような人懐っこそうな顔をしていた。全身真っ白な山羊が野原でのろのろと草を食んでいる情景が頭に浮かぶ。

「身体目的ですか？　それともお金？　どちらもパスですけど」

敢えて素っ気なく言ってみたものの、しかし返事があること自体に鼓舞されたようで、男の言葉は更に勢いづいた。

「そんなことないですよ、お姉さん、世の中そんな悪い人ばかりじゃないんですよ、信じてください」

と男が言った。「僕はこれまでも家出した子をたくさん泊めてきたんですよ。女子も男子もいますね。お姉さんより若い中学生の子もいましたよ」

「NPOか何かの活動でもしているんですか？」私はわざと警戒心を前面に出すような口調で訊いた。

「違うけど、まあ、似たようなもんでしょう。人助けを僕は好きなんですよ。何というか、やりがいを感じるというか」

男はニコニコしながら話し続けた。男の声は、歌舞伎町を渦巻く様々な声と音に混じって伝わってきた。居酒屋いかがですかー？ 歌舞伎町最安！ 紹介料無料！ ぼったくりに気をつけてください！ 「お姉さんがもし住むところがなかったら、次の家が見つかるまで暫くうちに住んでいても損はないでしょ？」

「お金はないんですけど？」

あるけど、敢えてそう言ってみた。

「嫌だな、子供からお金を取るわけないでしょ？」

男はいかにも心外だという表情をした。「お姉さんはまだ未成年でしょ？ 未成年だと家を借りるのもなかなか難しいと思うんですよね。僕は不動産会社で働いてるから、お姉さんの力になれると思いますよ」

シュッ、という空気を切るような鋭い音が耳元を掠めた気がした。ボードの真ん中に刺さったダーツのように、私が抱えている不安の核心は男に突かれた。思えば、家を借りるにはどうすればいいのか、未成年でも借りられるのか、私には全く分からないのだ。

分からない。そのことを思いつくと、突然何もかもが心細くなり、怖くなった。耳殻には依然として、歌舞伎町の雑多な声音が洪水のように有無を言わさぬ勢いで流れ込んでくる。居酒屋お探しですかー？　ドンドンドン、ドーンキー！　お姉さん綺麗ですね、いい仕事紹介しますよ！　ドンキー、ホッテー！　あなたが輝く場所がある！　カラオケー、カラオケいかがですかー？　おっぱい！　おっぱい！　ぼいんぼいーん！　ホストクラブいかがですか？　初回価格三千円！　客引きには、ついていかないでください――

東京という巨大都市について、私は書籍やテレビを通して、ある程度分かっているつもりだった。しかし本当のところ、何一つ分かっていないのかもしれない。家出の計画は念入りに練ったつもりだったけど、本当のところは節穴だらけで、あちこち抜けているのかもしれない。ここまで来て、私は自分の自信過剰を恨んだ。私より何倍も頭がいい、この国を動かしている大人の、エリートの集団によって綿密に張り巡らされた社会制度の、規制やルールの網に引っかからず、本当に生きていけるのだと、何故信じ込めたのだろう。現に未成年者は宿泊を断られることも知らず、初日早々に詰んでいて、路頭に迷いそうになっているのだ。数十人、数百人くらい蒸発してもびくともしないだろう、一千万人が暮らしているこの巨大都市で、本当に私は一人で生きていけるのだろうか。

「……家を紹介してくれるんですか？」

躊躇いがちにそう訊くと、男は笑みをほっぺたに貼り付けて明るい声で言った。

「もちろん紹介しますよ。ただ今日はもう遅いから、今夜はうちでゆっくり休んで、明日からまた探しましょうよ。いい物件ありますよ」

その言葉に説得され、俯きながらついていくと、男はタクシーを拾ったので、私も一緒に乗り込んだ。道路が少し渋滞していてタクシーは走ったり止まったりしたが、それでも三十分もしないうちに目的地に着いた。

そこは六階建てのマンションだった。外から見れば、廊下のランプの柔らかな黄色の光に照らされる中、各階の部屋のドアが一つ一つ秩序整然と並んでいて、清潔感があった。一階のエントランスはガラスの自動ドアで、その横にある鍵穴に男が鍵を差し込むとドアが開いた。エントランスの大理石の壁には、建物名「Noah's Ark」が刻まれた板状の花崗岩が嵌め込まれていた。男の後についていき、エレベーターに乗り込んだ。五階の角部屋の前で男は立ち止まった。

「着いた。ここだよ」

ドアの後ろから現れたのは、東京のどこにでもある一人暮らし用の物件だった。狭いキッチン、狭い居間、狭いバスルームに狭いトイレ。壁には白い壁紙が貼られており、床はフローリング。物が少なく、玄関から居間まで一目で見渡せる。居間の奥にはベッドが、真ん中あたりには小さなソファが一つとテレビが一台配され、壁際にはプラスチックの収納ケースがいくつか重なって置かれている。家と会社を往復するだけの日々を送っているのか、部屋の中はあまり生活感がない。

「お邪魔します」

そう言って、私は玄関を上がった。何の変哲もない、ごく普通の家だが、それは私が憧れていたものだった。予め家族という単位を想定されたわけではない、ただ一人で生きていくためだけに設計された空間。キッチンも、居間も、バスルームもトイレも、全てお一人様用だ。いつか私もこんな自分だけの空間を、私が自分の主人として君臨できる小さな城を手に入れることができるのだろうか。

そう考えていると、男は、

「何か飲む？　お茶？　コーヒー？」

と訊いてきた。

「お水で、大丈夫です。ありがとうございます」

と私は答えた。男の口調がさっきより馴れ馴れしくなったことに気付いたが、指摘はしなかった。

「そう？　遠慮しなくてもいいのに」

そう呟きながら、男はコップに水道水を入れ、私に差し出した。自分は冷蔵庫を開け、缶ビールを手にした。「ご飯は食べた？　おにぎりあるけど」

黙っていると、男は欲しいと受け取ったのか、冷蔵庫からコンビニのおにぎりを取り出して寄越してくれた。ホテルを探すことばかり考えていたから夕食を取るのを忘れた、そう思い出すと急に飢餓感が襲ってきたので、ありがたく頂くことにした。男はソファに腰かけ、私は床にそのまま座った。おにぎりを食べながら、男の方へ何度かちらりと目をやった。男はこちらを気にする様子がなく、テレビを観ながらビールを仰いでいるだけだった。あるいは本当に悪意がなく、ただ家出の少年少女に寝床を提供することにやりがいを感じているだけの、人のいいおじさんかもしれない。

「お風呂、先に入っていいよ」

お腹を満たすと男は言った。初対面の男の家でゆっくりお風呂に浸かる気にはなれず、「シャワーだけ、頂きます」と返事した。

生まれ育った家の、いつも水圧が不安定で湯温も思い通りにならない蛇口とは違い、シャワーヘッドから出るお湯の温度はちょうどよく、水圧も十分で、一日中溜まった汗と汚れをゆっくり洗い流してくれた。服を着てバスルームを出た時、男はまだテレビを観ていた。

「疲れたなら先に寝てていいよ。ベッド使っていいから」

私がもじもじしていると、男は思い出したようにニッと笑った。

「ごめんごめん、女の子にはドライヤーが必要だったね」

言いながら、男は収納ケースからドライヤーを取り出し、渡して寄越した。そしてバスルームに入っていった。

髪の毛を乾かすと、気持ちよい疲労とともに眠気が一気に湧いてきた。バスルームから、男がシャワーを浴びている水の音が聞こえる。それを聞いていると、もう何もかもどうでもよくなり、目の前にある山積みの問題も、この先どうすればいいのかも、全て明日になってから考えればいいやという気持ちになった。流石に一つしかないベッドを占拠するのは悪いと思い、私は持ってきた着替えを枕と布団にして、そのまま床で寝ることにした。バスルームの水の音が次第に遠退き、あっという間に闇の彼方へ消えていった。

　くすぐったい感じがして目が覚めた時、電気が消えていて部屋は真っ暗になっていた。カーテンから透けた外の街灯の明かりで、辛うじて物の輪郭がぼんやり視認できる。意識が戻ると、何かがおかしいと気付いた。何かが、お腹と腰の辺りで、服の下から直接肌に触れていて、もぞもぞ蠢きながら這っている。虫か、蜘蛛でも出ているのか。ひょっとしたらゴキブリ？　そう思った瞬間悲鳴を上げそうになったがぐっと堪えて、目を凝らしてもう一度周りをじっくり見回した。

　すぐ隣で、人間の輪郭が暗闇に浮かび上がっていた。その輪郭は途轍もなく大きいものに感じられた。輪郭が荒い息を吐き出し、酒臭い空気が顔に当たって鼻を突く。私の身体を這いずり回っているのは虫や蜘蛛などではなく、毛が生えている大きな手だった。一瞬、酔っ払った父の獣みたいな顔が脳裏を過(よぎ)ったが、すぐ現実に引き戻された。

「何してるんですか！」

私が声を上げると、男はへらへら笑って、

「ごめんね、起こした？」

そう言いながらも、絶えず手を動かしていた。

「ちょっと、や、やめてくださいよ」

抗おうとすると、男は私の上にのしかかって馬乗りになり、片手で首を絞め、もう片手で胸を揉み始めた。身体の芯から、体温がどんどん奪われていくのを感じた。なんて力の強い手なのだろう。私なんかが決して一生持ち得ない、筋肉と腕力に満ちた男の手だ。何とか抵抗しようとしても、全身が強張り、身動き一つできなかった。脳と身体の繋がりを断ち切られたように、身体が言うことを聞かず、ただひたすら震えているだけだった。男を信じて、のこのここまでついてきた先刻の自分が呪わしかった。

「身体目的じゃ、ないって、言ったでしょ？」

首を絞められながら、何とか言葉を押し出した。男はふっと冷笑を漏らした。酒臭い息が顔に吹き付けられる。

「安心してよ、本番まではいかないから、ちょっと触るくらいじゃ減るもんでもないでしょ？　ほら、僕チンコも使ってないよ？　これが宿代だと思えば、寧ろ安いと思わない？」

「誰が、あんたに」

宿代を払うものか、が喉を絞められているせいで言葉にならなかった。

殺される、と思った。人懐っこそうに見える山羊でも、品種によってはオスは太くて力強い角を持ち、凶暴化すると人を殺すこともあるのだ。家出少女を相手にこんなことをするような卑怯な男に人を殺す度胸なんてあるはずがない、そう分かっていながら、早く逃げないと殺される、このまま死んでしまう、という想念がはっきり浮かんだ。物理的に死んでいなくても、人間には死んだも同然の状態があるということを、私は知っている。

目を閉じ、一度落ち着くことにした。心臓が体内でバクバク搏動（はくどう）しているのが聞こえるが、何とか呼吸を鎮めようとした。すると、身体の震えも次第に治まってきた。次の瞬間、私は全身の力を振り絞って、男が乗っかっている腰の部分を床から浮かした。目論見通り男はバランスを崩し、首を絞めている手が一瞬緩んだ。その一瞬の隙を突いて、寝返りを打つように身体を捩（ね）じり、それと同時に、両手で男の身体を横へ押し倒した。バランスが崩れた男がいとも簡単に私の身体の上から転がり落ち、ソファにぶつかって鈍い物音を鳴らした。男の支配から自由になると私はすぐに身体を起こし、暗闇の中でドアスコープの一点の光めがけて駆け出し、ドアを開けると外へ逃げ出した。居間の奥にあるベッドではなく、ドアに近い床で寝ていたのが幸いだった。エレベーターを待つ余裕もなく、ほとんど飛び降りながら階段を駆け下りていき、ようやく建物の外に出た。

外は静寂に沈んでいて、もう深夜だと分かった。荒い息をしながら決して振り返らず、信号も全部無視して暫く必死に走ってから、男が追いかけてきていないことに気付く。それで速度を落とし、激しい鼓動を抑えるように心臓に手を当てながら前へ歩いた。暗闇に浮かぶ男のおぞましい輪郭はまだ脳裏にちらついており、それを振り払うように強く首を揺さぶった。街灯の薄明かりに照らされ暫くぼんやり歩いていると、携帯や財布も含め、荷物は全部男の部屋に置いてきたことを思い出した。靴も履いていないから、足の裏が痛い。しかし当然引き返す気がなく、私はそのままどこを目指すでもなく、方向も分からず、ただひたすら前へ歩いた。何か鋭いものが足の皮膚を切って痛みが走り、砂や小石がたくさん付着してざらざらした感触を覚えた。

なんて馬鹿なんだ。男を信じてしまった自分を、心の中で何度も罵（ののし）った。見ず知らずの他人が何の企みもなくお前を助けるわけがないってことくらい、分かり切っていたはずなのに。

誰かに頼ることは、従属し、支配されることだ。手を差し伸べる人は、程度や方向性の違いこそあれ、みんな多少なりともそんな支配を望んでいるのだ。それが優しさの対価で、この世界の摂理なのだ。

どれくらい歩いたのか、やっと大通りに出た。車の往来が頻繁になり、ビルや店の明かりの密度も増して闇の濃厚さを薄めた。道端に時刻を示すデジタル看板があり、それを見ると今は深夜二時だと知る。深夜二時になっても、東京は色とりどりで賑やかだ。ネオン看板は鮮やかに煌めき、夜の店は賑わい、ビルの外壁の大型ビジョンで、有名なアイドルグループのプロモーション・ビデオが無声で流れている。それらのアイドルの女の子も私と同い年に見えるが、私と違ってみんなきらきらしている。みんな美しい顔を持ち、可愛い衣装を身に纏い、チャーミングな笑みを浮かべながら、一生懸命歌って踊って輝いている。私はと言えば田舎から持ってきたダサい服を着て、髪がぼさぼさに乱れて、無一文のまま一人で見知らぬ夜の街を裸足で彷徨っている。街には飲み会帰りと思しきサラリーマンや若者のグループが大声ではしゃぎながら闊歩しているが、誰も裸足の少女など気にもかけない。私のことを知っている人は誰もいない。それが私の求めていたことのはずなのに、途轍もなく寂しい。一発で家出だとばれるから、交番にももちろん頼れやしない。

ネオンの密度が増したかと思えば、いつの間にかどこかの飲み屋街に辿り着いたようだった。夥しい数の看板が宙に浮かぶように光り輝き、人々の声が騒がしく聞こえる。擦れ違う人たちは私に奇異な目を向けはしても、決して声をかけたりはしない。たとえ声をかけられても、もう二度とついていくものか。

大通りだけでなく、小さな横丁に入ってもそこはやはり賑やかで、薄汚れた雑居ビルにびっしり店が入居している。ある店の前で私は足を止め、道端に座り込んだ。まともに睡眠も取っていないので身体が疲れ切っており、もうこれ以上歩けなかった。私は膝の間に顔を埋め、子供の頃、父が猛り狂っていた時のように、そのまま消えてしまいたいと願いながら小さく縮こまった。

「ちょっとあんた」

ふと頭上から女の人の声が聞こえた。顔を上げると、四十代に見える女性が店の中から顔を出していて、私を睨むように見つめていた。「なんでそこに座ってるの?」

「ごめん」

と私は謝った。自分の声がいかに弱々しく聞こえるのか、自分でもよく分かる。

「営業の邪魔ですよね」

しかし立ち上がろうとしても両足に全く力が入らず、身体がバランスを崩してそのまま横へ倒れ込んだ。私の身体を受け止めてくれたのは、その女の人だった。

「あんた、怪我してるじゃんか」

私の足に気付いたのか、女はびっくりした声でそう言うと、「とりあえず入ってきなさい」と言葉を継いだ。

女に支えられながら立ち上がり、導かれたまま店へ入っていった。店のドアは青緑の引き戸で、その横には看板があり、北斗七星の絵が描かれていた。

そこは深海のような空間だった。席が七つの、バーカウンターしかないその小さなバーは群青色の光の海に浸っており、夏の潮騒まで聞こえてきそうだった。それを見ると無性に懐かしくなり、鼻の奥がじんとして泣きたくなった。女が壁にあるスイッチを押すと青い光が消え、かわりに電球の黄ばんだ光が店内を照らした。なるほどその群青色の光は壁に塗ってある蛍光塗料にブラックライトを当ててできたものだと、私は密かに得心した。

店内は女と私の二人だけで、他に人はいなかった。スツールに腰をかけると、女は水と温かいおしぼりを出してくれた。それで足を拭いたら、白いおしぼりは黒い砂や泥に汚れ、僅かながら血の色も滲んでいた。

「ちょうど暇だから一服しようと思って外に出たら、あんたが店の前でへたり込んでたからびっくりしたよ」

そう言いながら、女は隣のスツールに腰を下ろした。「一体何があったの?」

冷たい水が喉を通り過ぎ胃へ流れ込むひんやりとした感触で頭が冴えてきたのを感じた。また見ず知らずの人についてきたなんて、一体どうするつもりだ、と心の中で自分を責めた。

「ここはあなたのお店ですか?」

女の質問に答える代わりに、私は訊いた。すると女は柔らかい微笑みを浮かべながら、

「そうよ。ここは〈ポラリス〉。私は店主。夏子とでも呼んで」と答えた。

「夏子、さん」

その名前の響きを味わいながら、私は彼女の顔を見た。夏子は名前通りと言うべき

か、夏の陽射しを知っているような健康的な肌色をしていて、その優しい笑顔もまた、どんな頑固な根雪でもゆっくり融かしていけそうな暖かさを内包しているように感じられた。

「話す気にならないのね」

暖かく笑いながら、夏子は冗談めかして言った。「裸足は何かの流行りかな？　愛をめがけ今走り出す、的な？　あ、これ、今の若い人には通じないか」

彼女の冗談がよく分からないので、私は話題を変えた。

「ここはどこですか？」

「知らないで来ちゃったの？」

と夏子は答えた。「二丁目。新宿二丁目」

「えっ？　ゲイタウンの、ですか？」

新宿二丁目はテレビや本で読んだことがある。

「そんなイメージが強いけどね、ゲイだけじゃなくて色んな人がいるのよ」と夏子が言った。

私は勇気を出して訊いてみた。

「夏子さんは、女の人が好きなんですか？」

「お嬢ちゃん、随分と直接じゃない」

そう訊かれて、夏子はくすっと笑った。「ここ数年恋愛なんてしてないけど、そうね、女が好きなレズちゃんよ。お嬢ちゃんはどうよ？」

「マヤと言います」

「マヤちゃんね」

と夏子は繰り返した。「話す気になったら話せばいいし、話したくなかったらゆっくり休んでていいよ。スツールはお尻が痛くなるだろうけど、うちはホテルじゃなくてバーだから、そこは我慢しな」

私は暫く黙り込んだ。硬いフローリングで寝ていたせいか、身体はまだ節々痛むし、足裏の切れたところもひりついている。それでもこの店にいると、夏子の隣にいると、何故か安心できるような気がした。まるで、家族に守られているような安心感――

違う、と私は首を振って心に浮かんだその言葉を取り消した。家族といて安心感を覚えたことなど、たぶん、一度もなかった。島にいた時は毎日びくびくしていて、逃げ出すことばかり考えていた。

「もう店、長いんですか？」

「もうちょっとで七周年かな。長いと言えば長いし、短いと言えば短い。微妙だね」

夏子はニコッと笑った。「マヤちゃん、おしゃべりがしたいの？」

「なんで店を始めようと思ったんですか？」

と私が訊くと、夏子はふうっと、長い溜息を吐いた。

「話し出すと長いけどね」

まあ、今はお客さんがいなくて暇だし、ちょっと昔話にでも付き合ってもらおうかな。そう前置きをしてから、夏子は語り始めた。大学時代に田舎から出てきたこと、卒業がバブル崩壊と重なってうまく就職できなかったこと、そんな時に二丁目で店をやっていた先輩と出会い、この街に受け入れられて通い始めたこと。大好きな恋人と出会ってよく二丁目でデートをしたこと、その恋人と結婚代わりの養子縁組をしようとしたら両親の猛反対に遭い、親と絶縁したこと、全てが嫌になって海外へ逃げ出したこと、海外から帰ってきたら先輩が癌で亡くなっていたこと、それで、かつての自分みたいにセクシュアリティのことで悩み、居場所を失った若い女の子のために店を構えようと思ったこと。[1]

夏子の話を聞けば聞くほど、初対面の人なのに、不思議と距離が縮んでいくように感じられた。彼女が経験したこと、その経験を紐解き、語るのに使われる言葉たちは一筋一筋の光のように胸に射し込み、暖かく滲んでいくようだった。

「ご両親とは、今はどうなっているんですか?」と私は訊いた。

「さあね、連絡も取っていないから、よく分からないよ。彼らは血が繋がっている親族ではあるけど、もう家族でも何でもないの」

「家族と親族は違うんですね」

「血が繋がっていれば親族と言えるけどね、親族は必ずしも家族にはなれないし、家

1　夏子の昔の物語は、『ポラリスが降り注ぐ夜』（筑摩書房）参照。

族も別に血は繋がってなくてもいい。血が繋がっている人とそのまま家族になれる人は、よほど運がよくて恵まれた人たちなのよ」

そう言いながら、夏子はどこか寂しげな微笑みを浮かべた。「まあ、どっちみち、彼らは無事生きているとは思うけどね。死んだら役所から連絡が入るはずなので」

夏子が話し終わると、暫く沈黙が下りた。ドアを閉めていても、外の街の喧騒は微かに聞こえてくる。

重苦しい沈黙を破るように、

「さっきの夏子さんの質問なんですけど」

と、私は切り出した。「どんな人が好きなのか、考えたこともないんです。そんなことを考える余裕がないというか、意図的に恋愛とか、そういうものを自分から遠ざけていたところがあって。もう十六歳なのに、おかしいですよね。遅れているんですよね」

私は想像してみることにした。もし誰かと恋愛をし、付き合い、触れ合い、暮らしをともにするのなら、それはどんな人なのだろう。男と付き合っている自分はうまくイメージできない。男を思い浮かべると真っ先に、無精髭を生やし酒臭い息を吐いている父の顔や、山羊みたいなさっきの男の顔が記憶の箱から飛び出してくる。到底無理だ。

「別に遅れてはいないよ」

と夏子が言った。「私が自分のセクシュアリティに気付いたのは、大学を卒業した後だったんだもん」

微笑みを湛える夏子の顔を暫く見つめ、私はやっと決心がついた。

「私の話、聞いていただけますか?」

「やっと話す気になったのね。どうぞ、何でも聞くよ。話をしたり聞いたりするのが仕事みたいなもんだからね」

私は自分のことを夏子に話した。島にいた時のこと、両親のこと、家出のこと、歌舞伎町で男に騙されたこと、荷物を置いて逃げ出したことなど。話しながら、自分は本当は誰かに聞いてもらいたくて仕方ないんだということに、ようやく気が付いた。ただ、母が外国人であることは言わないことにした。

「あんたね、頭がいいのか悪いのか」

一通り話し終わると、夏子は私の顔を見つめながら溜息を漏らした。「家出のためにあれこれ考えて計画することができたのに、歌舞伎町で声をかけてきた男にホイホイついていくなんてね」

本当に、ぐうの音も出ない。「それはめっちゃ反省してます」

「まあ、東京に出てきたばかりだから、無理もないか」

夏子は優しく微笑んだ。「東京はね、一人で生きていくのは簡単かもしれないけど、生き延びていくとなると難しいのよ」

その時、チリリンとドアベルが鳴った。ドアが開いて、二人組の女性が店に入ってきた。

「あれ、夏子さん、今日やってないんですか?」

「いらっしゃいませ。もちろんやってますよ、今は中休みというか。お好きな席へどうぞ」

夏子は挨拶し、店の照明をブラックライトに切り替えた。〈ポラリス〉は再び深海に沈んだ。それから夏子は私に言った。

「ごめんね、一番奥の席に移動してもらってもいい？　疲れてるなら机に伏せて少し寝てもいいから」

　言われた通り一番奥の席に移動すると、照明が暗くなったからか、眠気がまたぶり返してきた。机に伏せて目を閉じると、夏子と客たちの雑談の声が心地よい子守り歌のように軽く耳を撫で、次第に遠退いていった。

　夏子の声で起こされた時、店内はまた空っぽになっていた。ドアは開いていて、早朝の柔らかく湿っぽい陽射しが滲むように這い込んでいて、床に水たまりを投影しているようだった。

「お客さんは帰ったんですか？」

　目を擦りながらそう訊くと、

「もう五時過ぎてるから、閉店したよ」

と夏子は答えた。そして私に向かってウインクをし、お茶目な笑みを浮かべた。

「これから一つ、取り立て屋ごっこでもしてくるつもりだから、一緒に来なさい」

夏子の笑顔には、世間と強くぶつかり合っていた若い頃の怒りの名残りみたいなものが、まだ微かに残っているように見えた。

夏子のノートパソコンを使って地図検索サイトで調べると、男のマンションの場所は一発でヒットした。エントランスはオートロックになっているが、ちょうど朝の出勤の時間帯なので人の出入りが多く、中に紛れ込むのは簡単だった。

「この男、本当に神を気取っているのかね」

エントランスの壁に嵌め込まれた「Noah's Ark」の花崗岩の板に目をやりながら、夏子は呆れた声で言った。

「神？」

「家出少女が泊まらせてくれる人を探すのって、通称『神待ち』なのね。それは神を気取るみっともない男がわらわら出てくるわけだ。ノアの箱舟なんて、お笑い種もいいところね」

エレベーターで五階に上がり、角部屋のドアの前で立ち止まった。チャイムを鳴らそうか迷っていると、扉が勝手に開き、例の男がドアの後ろからぬっと現れた。立派なスーツを着込み、ビジネスバッグを手にし、これから出勤しようという風体だ。私を見ると慌てて扉を閉めようとしたが、それより早く、夏子はドアに足を挟み込んだ。

「そんなに慌てなくてもいいんじゃないの、お兄さん?」

と、夏子はニコニコ笑いながら言った。「話はすぐに終わるよ。お仕事もおありのようだしね」

「返して」と私は続けて言った。「靴と荷物、返して」

二つ隣の部屋のドアが開き、スーツを着たキャリアウーマン風の女性が出てきた。私たちに気付くと一瞬好奇の目を向けてきたが、そのままエレベーターの方へ向かった。

「わ、分かったよ、返せばいいだろう?」

近所の人の視線が気になったのか、男はあっさりと言った。

「物分かりがよくて助かる」

笑いを込めた声で言いながら、夏子はドアを閉められないよう全開にした。

ぼりぼり頭を掻きながら、男は不満げにちぇっと大きく舌を鳴らしてから、部屋に戻って私のリュックを手にまた出てきた。

「荷物は揃ってるか、チェックしてみて」

夏子から借りたスリッパを脱ぎ、自分の靴に履き替えてから、リュックの中身を点検した。服、下着、携帯、印鑑、通帳、身分証明書類などは全部入っているが、唯一、家から持ち出した現金の入っている封筒がなくなっていた。私は男に目をやった。男はどこか不安げな表情を浮かべていた。

「どう?」と夏子は優しい声で訊いた。

「お金がない。封筒に入っている現金」

私が返事すると、夏子は再び男へ視線を向けた。

「だって。早く返してあげて」

「現金とか知らねーよ、そんなもん入ってないし」男は語気を荒らげて強弁した。しかし近所に聞こえるのが怖いのか、声量は控え目だった。

「あのな」

夏子は溜息を吐き、子供に物事の道理を言い含めるような口調で諭した。「毎日決まった時間に会社に行けばお金が勝手に入ってくるあんたにとって、それは軽い気持ちで自分のものにしようと思えるような端金かもしんないけどね、この子にとっては生き死にがかかっている命綱なのよ」

そう言ってから、夏子は私に訊いた。「いくら入ってたの？」

私はもう一度、睨みつけるように男の顔をじっと見つめた。男はテレビドラマに出てくる犯罪者のようながさつな外見をしているわけではなく、寧ろ清潔感がある方で、髪の毛がちゃんと整っているし髭も丁寧に剃ってある、本当にどこにでもいそうな会社員の風貌だった。そんないとも普通そうに見える男でも、未成年者が社会に課されている様々な理不尽を利用して自らの嫌らしい欲望を満たそうとしている。身体を奪うのに失敗すると今度は金銭をふんだくろうと目論む。その顔を見ていると心底反吐が出そうで、昔、父が二度と帰ってこないことを祈りながら海に沈めたような大きな石を、その顔面にぶつけてやりたかった。

東京はね、一人で生きていくのは簡単かもしれないけど、生き延びていくとなると難しいのよ。夏子の言葉が脳裏で蘇った。こんな男がごく普通にいるのなら、生き延びるのも難しいわけだ。だとしたら、私にも考えがある。生きるのが割に合わないこの世界で、自分なりに割に合わせるのだ。

私は男を見つめたまま、はっきりと言った。「四十万円」

男の顔が一瞬強張り、青ざめていくのが見て取れた。

「ほら、四十万返してあげな。一円でも足りないと、すぐ通報させてもらうね」

夏子は余裕を湛えた笑みを浮かべながら言った。「お兄さんもよーく分かってるでしょうけど、一応言っとくね。お兄さんがやったのはれっきとした未成年者への性犯罪なのよ。そんなことが会社にばれたら、お兄さんだって都合が悪いでしょ?」

心なしか、「未成年者への性犯罪」のところだけ、夏子はわざと声を張ってはっきり発音したように聞こえた。男の顔はますます青くなっていく。

ちぇ、ともう一度盛大に舌打ちをしてから、「わあったよ」と男は呟いた。そしてまた部屋に戻り、封筒を手にして出てきた。投げるように渡されたその封筒の中身を数えると、ちゃんと四十万入っていた。

「ありがとね、おじさん」

私は口元にうっすら笑みを浮かべながら、わざと大きな声で言った。「これでチャラにしてあげる」

玄関口で固まっている男に背を向け、私と夏子はエレベーターで一階に下り、マンションを出ていく。

少し歩いたところにコンビニがあった。私はリュックから、下着を含む全ての服を引っ張り出し、店先のゴミ箱へ放り込む。

「どうしたの?」と夏子がびっくりした表情で訊いた。

「あの男が私の服で何をしたのか、分かったもんじゃないから」

私は呟くように答えた。「何もしてなくても、あんな男の部屋に一晩置いた服なんて、どうせもう二度と着る気が起きないから」

余分にもらった十万円は代わりの服を買う代金にしよう。そう心の中で自分に囁いた。

夏子は呆れたような、感心したような視線で一頻り私を見つめた。「あんたは大物になる予感がするね」

私と夏子は肩を並べて、二丁目の方角へ歩いた。

「あんた、これからどうするの？」と夏子が訊いた。

「分からないです」

これから、という言葉を聞くと、先刻昂っていた気持ちがすっと翳った。「住む家を探して、仕事を見つけて……」言いながら、一つのアイディアが浮かんだ。「夏子さんの店で働かせてもらってもいいですか？」

「それはね」

夏子は少し困り気味に笑った。「昨日あんたも見たでしょ？うちはそんなにお客さんが来るような店じゃないから、まだ人を雇う余裕がないのよ。それにうちは夜の店だからね、未成年が働くと色々不都合で」

やはり未成年のせい、誰かが引いた成人というラインのせいか。気持ちが暗くなりかけた時、

「そう言えば、二丁目には昼間もやっているカフェがあって、ちょうどスタッフを募

集しているみたいだけどね。〈ライフカフェ〉という店。紹介したげよっか?」

と、夏子が言った。

胸が躍るその提案に、私はすぐ「ありがとうございます!」と頭を下げた。

「住むところについては、NPOとかの支援団体に相談してみてもいいし、ペットを飼いたいみたいなこだわりがなかったら、安いシェアハウスはわりと東京のあちこちにあるよ」

「払える家賃で住めるなら、こだわりは何もないんです」

自分より二倍以上の年月を生きてきた夏子を見上げながら、この人と私の母、どちらが年上なのだろう、とふと思った。そう言えば母の年齢なんて、気にしたことがなかった。

「どうしたの?」と夏子が訊いた。

「いや、その……」慌てて夏子から目を逸らし、道路の前の方へ視線を落とした。

「もし夏子さんみたいな家族がいたら、私は家出とかしなかったのかもしれないな、なんて、思ってて」

「止してよ、私はあんたの家族にはなれんよ。ただのお節介おばさんよ」

「お節介なんかじゃない、です」

お節介なんかじゃない。夏子の優しさは、切実な傷と痛みの経験から培われた、他者への想像力に裏打ちされたもので、それは一方通行の善意、つまり独善的なお節介とは本質的に違うのだ。独善は、毒のある善だ。

二人とも黙って歩いていると、夏子はくすっと笑みを漏らした。

「どうしたんですか?」

と私が訊くと、

「いや、さっきペットって言ったから急に思い出したんだけどね、昔、恋人と結婚したいって両親に言ったらね、うちの父さん、なんて言ったと思う?『女と結婚したいのって、ペットと結婚したいのと一緒だよ』ってね」

と夏子が笑いながら言った。つられて私も笑い出した。

「ペットと結婚したい人がいれば、すればいいじゃないですか」

「でしょ?」

ゆっくり目覚めていく新宿の街で、二人の笑い声は雲一つない晴れ空へ軽やかに上っていった。笑いながら、目の前のこの人は、このことを笑い話にできるようになるまでどれくらいかかったのだろう、と私は心の中で考えた。

*

台湾の元日は一応休みだが、日本のような年末年始の大型連休はないので、あまりめでたい気分にはなれない。初日の出を見るとか、初詣とか、初夢で占うとか、そういった習慣もない。しかし年越し花火がある。感染症を抑え込むことに成功している台湾では年越しカウントダウンとライブイベントは通常開催となり、私もジェシカに連れられて市政府前に行き、沸き上がる歓声の中で、台北一〇一ビルから炸裂する花火とともに新年を迎えた。

「明けましておめでとうございます、今年も宜しくお願いします」

三百秒続いた花火ショーの後、ジェシカは変に礼儀正しい日本語で私にそう言った。

ウイルスがいまだ世界中で蔓延っているこの瞬間、めでたいと思える人はこの世界で一体どれくらいいるのだろう、そう思いながら私も、

「あけおめ、ことよろ」

と軽く返事をした。

二十代も後半になり、時間の有限性が身に染みると、年を越す度に、去年の年越しの瞬間はどこで何をしていたのか、一昨年はどうか、三年前は、というふうに一年一年思い返す習慣ができた。どうせ五十代や六十代になるとそれらはまとめて「若い頃」と一括りにされ、各年の個別的な価値が何もなくなってしまう、そう分かっていても、まるで記憶力がまだ衰えていないことを確認するかのように、そして自分が歳月を空費してこなかったことを証明するかのように、普段は見向きもしない記憶の箱を開け、そこに収められた過去を一つ一つ取り出しては几帳面に点検する。

東京に出てから暫くの間、夏子から紹介された〈ライフカフェ〉で働きながら、年越しは新聞や郵便配達のバイトで忙しかった。高卒同等学力の認定を受けて大学に合格してからは時給が高い家庭教師のバイトに就き、奨学金もあるので配達はやめたが、

これといったイベントもなく、大晦日はいつも一人で早々に寝床についた。住居も、最初の頃は二十人以上の大規模シェアハウスに住んでいたが、大学に入ってようやく念願の一人暮らしの部屋が借りられるようになった。

ジェシカと出会い、付き合ってからは年越しを一緒に過ごすこともあったが、東京にいた時はついに同居はしなかった。賃貸の手続きや引越しが面倒くさいし、入居審査で二人の関係を詮索されるのも嫌だった。夏子が言った通り、東京では一人で生きていくのは簡単と言えば簡単だが、弱者が生き延びていくのは難しいのだ。

花火ショーが終わっても暫くライブが続いたが、人混みはぞろぞろと駅の方向へ流れ始めた。あまりにも混雑しているので会場最寄りの地下鉄駅には入れず、私とジェシカは二つ離れたところの駅へ歩いて向かうことにした。

「人多いなー」

人が集まっているステージ周辺のマスク着用必須エリアを抜け出すと、ジェシカは素早くマスクを外した。「もう、息が苦しい」

「うん」私もマスクを外して道端のゴミ箱に捨て、相槌を打った。「でもこのご時世にこれだけ人が集まれる国って台湾ぐらいかもしれないから、私たちは運がいいよ」

年越しイベントの会場に集まった人数は、軽く一万人は超えていた。これでも例年と比べれば規模を縮小しているし、みんなマスクをつけているが、やはりこんなイベントが開催できること自体、幸運なのだ。

秋が深まって寒くなると、日本では再び感染者数が右肩上がりになり、二週間ほど前に東京都は年末年始感染病特別警報を発出し、政府もそれまで推進していた観光促進キャンペーンを中止にする方針を発表した。近々二回目の緊急事態宣言が発令されるだろうとも囁かれている。「当然だよ、こんな時に旅行に行けっていう方が馬鹿だ」とジェシカは言ったけど、ずっと家に引き籠っていると息が詰まり、どこか遠くへ出かけたい気持ちも分からないでもない。私自身も七月中旬まで東京に住んでいて、一回目の緊急事態宣言を経験したのだから。がらんとした新宿の街、寂れたアルタ前、歌舞伎町と新宿二丁目の映像をネットで見る度に、心の中も空っぽになるようだった。

「〈ライフカフェ〉もなくなっちゃうしね」

会場の方から、まだライブの出演歌手の歌声が微かに聞こえてくるが、もう随分離れているせいでそれは先刻の賑わいの余韻みたいなもののように感じられ、周りも人がまばらになっていた。お祭りが終わった後の寂しさを味わいながら、私は言った。

感染症は二丁目に大きな打撃を与えた。繰り返される休業要請や時短要請、「夜の街」叩きに耐えられるほど、二丁目の小さな店に体力はない。初めてのアルバイトの職場だった〈ライフカフェ〉も、年を越して一月いっぱいで閉店することを発表した。〈ポラリス〉も、閉店こそしないものの、客の入りが悪くなる一方なので暫く休業にすると夏子はツイッターで告知した。

「寂しいね」ジェシカは俯き気味に、独り言のように呟いた。

八年前、私とジェシカは正に〈ライフカフェ〉で知り合ったのだった。当時十八歳の私は複数のアルバイトを掛け持つ生活を送っていて、二十四歳の彼女は日本語学校に通っていた。私が高卒同等学力の認定を受け大学を受験する気になったのも、ジェシカの助言が後押しになったからだ。私たちもよく一緒に〈ポラリス〉へ行っていた。私にとってもジェシカにとっても〈ライフカフェ〉と〈ポラリス〉は思い出深い場所で、なくなると身体から記憶の一部が無理やり引き剝がされるように痛かった。東京に限らず、今、世界中の人間が生き延びようとしているのかもしれない。

「そうそう」

暗くなった雰囲気を吹き払おうというふうに、ジェシカはややわざとらしい明るい声音で話題を変えた。「年夜飯、マヤちゃんも来るって知ったら、お父さんとお母さんはとても嬉しいって言ったよ」

「えっ？」

私はびっくりし、思わずジェシカの顔を見やり、間の抜けた声を漏らした。ジェシカの長い睫毛は瞬くごとにすばしこく上下し、蝶々が羽ばたいているかのようだった。

私の驚愕に気付く様子もなく、ジェシカは嬉々として話し続けた。

「お母さんはマヤちゃんの好きな料理を作るって言ったよ。何がいいかな？　そうそう、紅包（ホンバウ）、お年玉のことね、は要らないから気を遣わなくていいって」

「私、まだ行くって決めてないんだけど」

自分が放った言葉の口調の冷たさに気づき、しまったと焦りを覚えた。私は立ち止まり、ジェシカの顔を見つめる。流石にジェシカも私の不快感に気付いたようで、ぎょっとした視線で見つめ返してきた。傷付いた小鹿のような目をしているなあ、と私は思った。

「そうなの?」

立ち止まっている間、同じ駅へ向かっている人たちがどんどん私たちを追い越していく。

「ちょっと考える、スケジュールを調べるって言ったじゃん」

この話題が出たのは一か月半前で、それ以降ジェシカは訊いてこなかったし、私もこの件には触れなかった。

ジェシカは小首を傾げた。

「マヤちゃん、用事があるって言わなかったから、一緒に帰るって思った」

ジェシカの表情の屈託なささに些かイラつきを覚えた。

「なんで一緒に帰るのがデフォルトなの?　こっちにも都合があるんだから、ちゃんと確認してほしいんだけど」

「マヤちゃんは用事があるの?」ジェシカは訊き返した。「学校もお休みでしょ?」

その言い方がまた癪に障った。

「学校が休みでも、他の用事があるかもしれないでしょ?」

「何の用事?」

「ジェシカには関係ないよ」

用事なんてあるはずがない。支離滅裂なことを言っているのは自分でもよく分かる。

ジェシカは少しの間黙り込み、私の顔を覗き込むように見つめた。私は目を逸らし、
彼女の視線を避けた。その両目と向き合うと自分が持てなかったものを突き付けられるようで、火傷しそうだ。

「マヤちゃんは、私と一緒に家に帰るのは、いや?」

ジェシカが落ち着いた口調で話そうと努めてくれているのはよく分かるが、しかし
その言葉にまたもや神経を逆撫でされたような気持ちになり、私は眉をしかめ、間を置かずに言い返した。

「私たちは今、現在、この瞬間、家に帰ろうとしてるんじゃないの? 私と一緒にいる家は、家じゃないの?」

「そう言ってるわけじゃないけど……」
ジェシカは困惑した表情になり、二度と逆鱗に触れぬよう慎重に言葉を探している
ようだった。「私たちが一緒に住んでいる家とは別に、実家もあるので……」
実家という言葉も気に入らないが、流石にそこの揚げ足取りはしなかった。
私が黙っていると、ジェシカは話し続けた。
「マヤちゃんにちゃんと確認しなかったのは、ごめんね。でも、一緒に実家に帰ろう
よ」
「なんで？　それはジェシカの実家で、別に私の実家じゃないんでしょ？」
これもルサンチマンというのだろうか。私と違い、ジェシカは親族がそのまま家族
にもなれる種類の人間だ。いつでも帰れる実家というものを持っている。それは別に
羨ましくない。妬んでもいない。羨ましくないし、妬んでもいないけど、実家なんて
持っていない自分の惨めさが際立つようで、居た堪れなくなる。
「ジェシカの実家は私の実家じゃない。ジェシカの家族は、私の家族じゃない」
私にとって、ジェシカと一緒にいる家が唯一の家で、血の繋がっていないジェシカ

という人間が、唯一の家族だ。私が選んだのはそれだけで、セットでついてくるものなんて、要らない。

道端で、しかも日本語で話し込んでいる私たちが目立っているのか、通行人が通り過ぎる度に奇異な目を向けてきた。ジェシカは少し考え事をする素振りを見せてから、再び口を開いた。

「マヤちゃんは、何が怖いの?」

「拒絶されるのが怖い。排除されるのが怖い。独りよがりの善意が怖い。こちらが願ってもいないのに勝手に家族面されるのが怖い。心に土足で踏み込まれるのが怖い」

言葉が次々と身体の奥底から湧いてきて、口を突いて出た。「ジェシカを失うのが怖い。でも対等じゃない関係がもっと怖い。依存し、従属し、支配されるのが怖い。所有物とされるのが怖い。嫁姑問題とか、『娘さんを俺にください』みたいな陳腐さが怖い。誰かに認めてもらわないといけない状況が怖い。何より――」

自分の人生を自分で決められないのが怖い、は口にできなかった。自分の人生だからって、自分で決められると思う方が傲慢というものだろう。そう考えるとふと、今しがた自分が放った言葉に嫌気が差してきた。何が、依存するのが怖い、対等じゃない関係が怖い、だ。今この瞬間でも、私はジェシカに依存しっぱなしだ。依存は従属に繋がり、従属は支配に変貌する。台湾で暮らしてきたおよそ半年の間、彼女と対等だったことなんて一度でもあったのだろうか。台湾で過ごしてきた彼女との生活はぬるま湯にも似て、世界中がウイルスで苦しんでいる今でもぬくぬくとしていて、気持ちが良過ぎる。恐らく私が一番怖いのは、この状況に甘んじてしまう自分なのではないだろうか。

ジェシカは少しも頓着しない様子だった。

「大袈裟だよ、ただ一緒に実家に帰って、みんなとご飯を食べるだけでしょ？　実家は遠い場所ではないから、泊まる必要もないし。親戚にも、マヤちゃんのことを紹介したいし」

ジェシカの能天気とも取れる発言に拍子抜けし、思わず溜息を吐いた。わざと見せつけるような、長い溜息だった。次の瞬間、このように感情を大袈裟に露わにして相手に見せつけるやり口はひょっとしたら母の影響かもしれない、と考えが及び、ぞっとした。

　傍から見れば、我が儘を言っているのはこちらなのだろう。同性婚であっても、結婚であることに変わりはない。結婚を選んだ以上、相手の家へ挨拶に行き、向こうの両親と顔を合わせるのが世間の常識というものかもしれない。義理の家族、義理の両親、義理の兄弟。結婚とともに付随してくる「義理の〇〇」をも大事にするのが、世の中の義理というものかもしれない。しかし私はそれが怖くて仕方ない。端(はな)から常識を外れた人生を送ることを余儀なくされてきたのだから、今更世の中の常識なんてなぞれるとは思わないし、そんなこともしたくないのだ。

　何とか自分を落ち着けようと、私は一度深呼吸をした。振り返って見上げると、台北一〇一ビルは変わらずそこに聳(そび)え立っており、微かに霧がかかる中で色鮮やかな光を放ち、次々と中国語で新年を祝う言葉を映し出す。２０２１新年快樂(明けましておめでとう)、美好之島(素晴らしい島)、平安健康、讓希望點亮未來(希望で未来を灯そう)。移りゆくそれらの言葉を眺めながら、このビルは台湾のランドマークであると同時に、「普通」とされる世間の一つの象徴であるように、私には思えた。

「例えばよ」

ふと一つ考えが過り、私はジェシカに向き直って言った。「例えばジェシカは男で、私は女、私たちがしたのは異性婚だったら。そんな状況でジェシカは、旧正月は自分と一緒に帰省してほしいって言う。まるでジェシカの実家に二人とも帰省するのが当たり前かのように言うの。それについて、どう思う？」

言わんとすることが伝わったのか、ジェシカは黙ったまま考え込んだ。

私は言葉を継いだ。

「男女の場合、それは家父長制の表れだと思わない？　女は結婚すると夫のものになって、夫の実家に帰省したり、清明節（チンミンジェー）だっけ？　に、夫の家族の方でお墓参りをするのが当たり前、みたいな」

清明節とは中華圏の祝日で、毎年四月にあり、先祖や家族の墓を参り、草むしりをしたり掃除したりする日である。ジェシカから聞いたエピソードがある。子供の頃のある年、両親と一緒にお墓参りをしたジェシカは、自分を含めて周りの親戚はみんな名字が「魏」なのに、母親だけが違うということに気付き、「なんでお母さんだけ名字が違うの？　よその家の人なの？」と無邪気に訊いたという。台湾では夫婦別姓が当たり前だが、子供は父親の姓にすることが圧倒的に多い。そのことを話していたジェシカは、「子供の時は父権とか、男性優位とか、そういうものをよく分からなかったからね。今思い出すと、恥ずかしいことを訊いちゃったなあって」と、いかにも恥ずかしそうに微笑んだ。

「私たちはたまたまどちらも女だから、家父長制とか、父権制とか、そういうややこしい問題はないけど、でもそれとは別の問題が、権力関係があると思う。ジェシカの実家に行くのが義務みたいになるのは、そんな権力関係に呑み込まれるみたいで、それが怖いの」

理屈っぽいと自分でも思う。しかし、感情的になりやすい私とは違い、ジェシカは物事を冷静に見つめ、論理的に考える習慣が身についている。知り合って八年、こんな理屈で説明した方が彼女に伝わりやすいということを、私は知っている。

ジェシカはまたしても傷付いた小鹿のような目で私の顔を覗き込んだ。その表情がいじらしくて、彼女を抱き締めて頭をぽんぽん叩きたい欲望に駆られたが、我慢することにした。

「私はただ、マヤちゃんと一緒に過ごしたいだけで、権力関係とかあまり考えてなかった」

ジェシカは言葉を探しながらというふうに、ゆっくり喋り出した。「もしマヤちゃんの実家が台湾にあったら、私もマヤちゃんと一緒に帰りたいと思うけど、でもマヤちゃんは台湾では他に家族がいないって言うから、寂しくなってほしくないから、こっちの実家に一緒に帰ってもらおう、と思っただけで」

「分かるよ、ジェシカは私のことを思って提案してくれてるって」

彼女の言葉を受け取るように、私はなるべく優しい口調で応答した。「だからこれはジェシカの問題じゃなくて、私自身の問題だと思う。そしてこの問題があるってことを、ジェシカに分かってもらいたい」

「私と一緒に帰省するのって、そんなに嫌？」

「嫌っていうか、もう少し心の準備が欲しいって感じ」

私はジェシカの顔を見つめながら言った。傷付いた小鹿のような目がうるうるしていて、瞬く度に蝶々が羽ばたく。それは私の小鹿ちゃん、私の美しい蝶々。「少し時間もらえないかな?」

頷くジェシカを、私はぎゅっと抱き締め、冬の冷たい外気に晒されてひんやりしているその髪の毛を梳くようにゆっくり撫で下ろした。

「そう言えば、ジェシカの実家はどこだっけ?」

ジェシカを離してから、私は訊いた。

「ジーロンだよ」

「ジーロン?」

その地名は聞いたことがある気がした。「なんて書くの?」

スマホを取り出し、ジェシカは漢字を入力して見せてくれた。基隆。「ジーロン」は中国語読みで、日本語読みは「きりゅう」なのだろう。行ったこともなく、漢字の書き方も知らないその地名を、私は日本語読みではなく、どこかで中国語読みで聞いたことがあるのだ。どこで聞いたのだろう。ジーロン。それはどこか忌々しく、しかし懐かしい響きのように感じられた。

「基隆はどこにあるの？」と私はジェシカに訊いた。

「台湾の北東部。うちから電車とバスを乗り継いで、大体一時間半ぐらいかな」

「そこは港町？」

「そうだね、基隆港は有名な港だよ」

「そこに、大きな観音像があるのかな？」

「観音像？」

唐突な質問に、ジェシカは少し困惑の表情を浮かべた。「さあ、よく分からない。あるかもしれない。どうしたの？」

いいえ、何でもない。そう言って頭を振りながら私は質問するのをやめ、ジェシカと手を繋いで再び駅へ向かって歩き出した。

記憶の中でその地名は、母の声で発音されていたということを思い出すのに、暫く時間を要した。子供の頃、母からその地名と、その場所のことを聞かされたことがある。しかも一度ではなく、何度もだった。

遠くから、ハッピーニューイヤー、という若者の叫び声が微かに聞こえてきた。

＊

「気持ちは分かんなくもないけどさ、もう少し頼ってみてもいいんじゃないの？」

箸で肉を挟んでだし汁の中で揺すり、赤い肉片が茶色っぽくなっていく様を見つめながら、麥娜蒂が言った。

「頼ってるよ、今の生活だって全部彼女に頼ってる」

そう言ってから、お椀を唇につけてだし汁を一口飲む。肉の旨味をたっぷり吸収したスープの香りが口の中でふわんと広がる。

「そうじゃなくてさ、あたしが言ってるのは心の問題なの。ユア・マインド」

言いながら、麥娜蒂は煮えた肉片を自分のお椀に取り、フーフーと何度か息を吹きかけてから口へ運んだ。「マヤはワイフに頼っていながら、心のどこかでそれを借金みたいに思ってるでしょ？　いつか返さなきゃなんないって」

「それは」

言い当てられたような気がして、私は少し悔しさを覚えながら反論した。「だって、いつまでも頼りっぱなしにするわけにはいかないでしょ？」

「そんな夫婦、世の中いくらでもいるよ」

元日と土日の三連休が過ぎると日常がまた戻ってきた。二月に入ると期末テストがあり、それが終わると旧正月と冬休みに入る。一月中旬のある日、麥娜蒂から夕食に誘われ、私たちは大学の近くのしゃぶしゃぶ食べ放題の店を予約した。

「だからノンケの女の子はすごいなって、私いつも思うんだよね」

キャベツをゴマだれにつけ、口に入れてぼりぼり噛み砕く。「ＡＴＭ欲しさに男と結婚したり、お金目当てで寝たりとか、できるからさ。いい人と出会えればいいんだけど、結局愛想尽かされて洟(はな)をかんだティッシュのようにポイって捨てられたり、暴力を振るわれても経済的に依存してるから逃げられなかったりして、酷い目に遭うし」

東京に出たばかりの頃に知り合った家出少女仲間を思い出す。大人から金銭的な援助を得るためならどんなことでもした子は決して少なくない。

「そんなんばかりじゃないよ」

麥娜蒂は苦笑しながら、ドリンクバーのコーラを一口飲んだ。

「でも、パンデミックの中でドメスティック・バイオレンスは増えてるらしいよ」

お玉で鍋を掻き回して食べられるものを探し、煮えた肉片を白菜と椎茸と一緒に自分のお椀に移し替え、タレを垂らした。

「それもそうか、仕事がリモートになってみんな出かけなくなったからね。ずっと家で一緒にいると、それは息も詰まるしストレスも溜まるよ」話しながら、麥娜蒂は肉を口へ運んだ。「食べ放題にしては、この店のお肉、割といけるんじゃない？」

要不要幫您加湯（スープをお足ししましょうか）？　と店員がポットを手に声をかけてくれたので、謝謝（ありがとうございます）と返事した。店員は鍋にスープを注ぎ、ヒーターの火力を上げ、請慢用（どうぞゆっくりお召し上がりください）、と言ってから他のテーブルへ向かった。

「一緒にいるとストレスが溜まる相手と結婚するなんて正気の沙汰（インセイン）じゃないね。それにストレスが溜まったからって暴力振るっちゃダメでしょ」

まだ火が通っていない野菜と豆腐を鍋に入れながら、私は言った。「ほんとさ、女が傷ついたり不幸になる原因は大抵男なのに、なんで世の中の女は男なんか好きになるんだろう」

「そうだね、なんで男を好きになっちゃうのか、自分でもよく分かんないよ。分かんないけど、好きになっちゃうのよね」

麥娜蒂はまた苦笑いを浮かべながら言った。彼女にはボーイフレンドがいるが、パンデミックが始まるとすぐ帰国したので、二人は今遠距離恋愛中だ。

「でも、女同士でも争ったり傷つけ合ったりするんでしょ？」

「女同士がいがみ合う場合でも、大抵男が原因じゃない？　腐ったワインを奪い合うみたいにさ」

「女のために女同士がいがみ合うことはないの？」

私は首を傾げて少し考えた。

「確かに、ないとも言い切れないね」

二丁目で働いていた頃、それこそ女同士の色恋沙汰にまつわるどろどろしたいざこざはいくらでも耳に入った。私は小さく溜息を吐いた。「ほんとに、人間の業（カルマ）というか、罪（シン）というか」

麥娜蒂はシニカルな微笑みを浮かべながら肩をすくめた。

「恋は盲目（ラブ・イズ・ブラインド）、結婚は腐ったワイン（マリッジ・ロッテン・ワイン）、哀れな人間（プア・ヒューマンカインド）」

私は不思議な気持ちになり、思わず彼女の顔を見つめた。

「いつも感心するけど、よくそんなふうに韻が踏めるね」

「実はラップが趣味でね、こんぐらいピース・オブ・ケークよ」

私たちは互いに顔を見合わせ、いつものようにどちらからともなくくすっと吹き出した。しゃぶしゃぶのだし汁が金属の鍋の中でぐつぐつ煮立つ音が耳に心地いい。店内は聞いたことのない中国語の流行歌が流れている。男女のデュエットだ。

「でもね、麥娜蒂の言う通り、私は頼るのが下手だよ」

笑いが収まると、私は改めて麥娜蒂の話を咀嚼（そしゃく）しながら言った。「誰かに頼ることは、その人に支配されることだって、まだどこかで思ってる。だから頼ろうとしても頼り切れないというか」

ちょうど壁に凭（もた）れかかろうとしながら思い切り凭れることができず、しかし自分の足で立ってもいられず、バランスの悪い中途半端な体勢で自分を苦しめているみたいに。

溜息を吐いて、私は話し続けた。「支配とか、従属とか、そういうものにすごく敏感で。時々思うんだけど、もし徹底的にヒモになれたらきっともっと楽なんだろうなって。でも私はきっとヒモになれるような性格を持って生まれてこなかったよ。ヒモになるのって、才能が要るの」

「マヤは色々経験したからね」

「色々経験したけど、結局はその時その時の最適解とされる選択肢を選んでいって今に至ったって感じ。決定的に社会のレールから外れる勇気もないし、平凡な人生に甘んじる才能もない」

「あたしからすれば、マヤがレールから大きく外れていないこと自体、ものすごい才能だけどな」

麥娜蒂は何か思案するような表情を浮かべてから、言葉を継いだ。「誰かに頼ることがそんなに気になるなら、少しでも対等になれるようやってみれば?」

それは私もずっと考えていたことだった。ジェシカに経済的に頼っている今の状況を少しでも改善できれば、心の中でぐつぐつしている卑屈な感情も少しは軽減できるのではないか、そうすれば彼女の両親や親戚に会っても胸を張っていられるのではないか。家賃や光熱水費までは無理でも、自分の学費や食費などは自力で何とかしたい。とは思うものの、日本で経験したアルバイトを言葉が流暢に通じない今の環境でこなす自分が、今一つ想像できない。台湾で義務教育を受けたことのない私には家庭教師なんて土台無理だし、レストランやコンビニ店員だってそれなりの語学力が要求される。

このことはジェシカには相談していない。相談したところで、優しいジェシカのことだから、きっと「気にしないで、今の給料で二人とも生活できているんだから、マヤちゃんは安心して将来のために勉強すればいい」「日本から来てくれるだけで嬉しい」みたいなことを言うだろう。ジェシカのようなパートナーに恵まれ、同性同士でも結婚できている今の状況は傍から見れば幸せに違いないのだから、世の中には数知れない不幸が今この瞬間でも蔓延っているのだから、そんなジェシカに苛立ちを覚えるのはきっと、お門違いだ。つまり私は、この幸せが苦しいのだ。

「そう言えば、今日私を誘ったのは、何か話したいことがあるんじゃないの？」

　何と言えばいいか分からず、私は話題を変えることにした。

「そうだね、無事不登三寶殿（ウーシーブーデンサンバウディエン）」

　と麥娜蒂は涼しげな笑い声をこぼしながら、最近習った中国語の慣用句を披露した。お願いがなければ仏殿にお参りなんかしない、転じて、用件がなければ人を訪れたり誘ったりしないという意味だ。「あたし、帰国することになったの」

「そう」

　急な知らせにびっくりしながら、何とか落ち着いて訊く。「いつ？」

「二月の期末テストが終わってすぐ」

　麥娜蒂はお玉で鍋を搔き回しながら具を探した。歡迎光臨（いらっしゃいませ）、という店員の掛け声とともに、外の夜市の喧騒が開いたドアから雪崩れ込んできた。

「博士課程はどうするの？」

「とりあえず休学にして、もし戻ってこられたらその時にまた続けるつもり」

「なんで急に帰国を？」

そう訊かれると、麥娜蒂は斜め上の虚空の一点を見つめながらしばし考え込む素振りを見せた。そしてまた私の方へ向き直った。

「親の身体が悪くなってね、ほら、このパンデミックの中でアメリカはあんな感じだし、もし何かあったら近くにいた方がいいと思って」

「そう」

自分で訊いておきながら、どう反応すればいいか分からなかった。麥娜蒂は軽そうに言っているけど、感染病が流行り出しても台湾に留まった彼女が急に帰国を決断したのだから、それなりの理由があるはずだ。

「寂しくなるね」私は呟くように言った。今もなお全世界が鎖国状態同然だから、国境を越えてしまうと気軽に会うことも叶わなくなるのだ。

「時間は過ぎ去り（タイム・ゴーズ・バイ）、人々は別れを告げる（ピープル・セイ・グッドバイ）。それが人生さ（ザッツ・ザ・ライフ）」

麥娜蒂はまたおどけて韻を踏んでみせたが、私はあまり笑う気分になれず、何とか乾いた作り笑いを顔に貼り付けてみただけだった。

「ついでに向こうでボーイフレンドと結婚しようかなって」麥娜蒂はこともなげに言った。帰り道ついでにケーキ買ってこうかな、とでも言うような口調だった。

「そっちがついでなの？」

と私がツッコミを入れると、

「どっちかと言うとね」麥娜蒂は私を見つめながらウインクした。「私は正気（インセイン）じゃないノンケ女だもの」

「結婚は腐ったワインなのに？」

「お腹壊したら自業自得ね」

私たちは互いの顔を見つめながら、またくすっと笑みをこぼした。

それから暫くの間、私たちは黙って鍋を突いた。麥娜蒂が深刻になるのを嫌がって敢えて冗談っぽく言ってくれているのは分かるけど、降り積もりつつある重たい空気の塊を振り払える言葉はなかなか見つからない。店内は店員の掛け声、客の談笑、聞き慣れない中国語の流行歌に満ちていて、ガラス張りの壁越しに見た外の夜市のネオンは、少し眩しい。

「じゃ、まだ少し早いけど、今日は餞別《ジエンビエ》（送別会）だね」

二人とも箸が止まると、私は笑ってそう言いながら、伝票に手を伸ばした。

「そういうつもりで誘ったもの」

麥娜蒂は口元にずる賢そうな微笑みを浮かべながら、片言の日本語で言った。「ゴチソウ、サマデシタ」


麥娜蒂と別れた後は何となく散歩したい気分になり、私は地下鉄やバスに乗らず、歩いて帰ることにした。大学から家までは徒歩でも三十分で着くので、天気がいい日はたまにそうしている。今日は風が強く、吹き抜けるとき少し目に痛い。

台北の夜の黒は、どこか灰色の霧が薄くかかっているような、すっきりしない黒だ。そのため車のヘッドライトも、ビルの明かりも看板のネオンも、どこかぼんやりしているような、鈍い感じがする。夥しい数のスクーターと車による排ガスや、雨降りが多い湿っぽい天気とは無関係ではないだろうが、気持ちの影響もあるかもしれない。東京の夜はもっとすっきりしていた気がする。闇は夜の底まで徹底的に暗く、煌めくネオンも切れ味のいい刃のように、鋭く感じられた。

このパンデミックの中で母は大丈夫だろうか。麥娜蒂に触発されたのか、その考えがふと脳裏を過った。もう十年以上も連絡を取っていないから今更心配するなんて柄でもない、と自嘲しながら、一方で、あの島は東京みたいな都会じゃないから感染状況はそんなにひどくないはずだ、と願望じみた思いが頭の片隅にあるのも事実だ。

死んだら役所から連絡が入るはず、と夏子の声が頭の中で蘇った。どんなに劣悪な関係の家族でも、血の繋がりを世間はいつも重く見ている。そういう世の中の仕組みをどこか安全ブレーカーみたいに考えている節が、私にはある。ブレーカーが落ちないうちは電流を気にしなくていいように、何の連絡も来ないうちは、こちらも振り返らなくて大丈夫だ、というふうに。しかし日本の役所の連絡が、台湾にも届くのだろうか。ブレーカーがとっくに落ちている可能性はないのだろうか。とはいえ、自分からそれを確認したいとはまだ思えない。連絡先だって知りやしない。

家に着くと、ジェシカはもうリビングにいて、ソファに座ってテレビを観ている。「ただいま」と私が言うと、「お帰り」と返してくれる。

マスクを外し手を洗ってから、ジェシカの隣で腰を下ろした。テレビでは国内感染者のニュースが流れている。ここ数日、台湾でも国内感染者が一日数人程度ぽつぽつと出ていて、政府は戦々恐々と対応に臨んでいるし、メディアも連日連夜状況を追っている。ニュースを見ているジェシカの横顔は少し深刻そうだったが、一日数千人も感染者が確認されている日本の状況を考えると、その反応もやや大袈裟に映る。

「旧正月の帰省の件だけど」

私はジェシカの手を軽く握り、そう切り出した。「ジェシカと一緒に帰るね」

「ほんと？　嬉しい」ジェシカは私の方へ目を向け、顔を輝かせながら言った。パッと明るくなった顔が愛らしい。

「でも一つ条件がある」

「条件？」

「うん」

小首を傾げたジェシカを見つめながら、私は言った。「ジェシカの実家に行く前にちょっと寄りたいところがあるから、一緒に来てほしいの」

*

家の最寄り駅から地下鉄とバスを乗り継ぎ、約一時間で基隆駅に着いた。バスを降りた途端、魚の生臭さがしょっぱい潮風に乗って鼻腔を突き、ねばねばした空気が全身の肌に張りついてくる。それは子供の頃身近にあった海の匂い、毎日嗅いでいた港町の空気だ。

　この日は朝から曇っていて、分厚い灰色の乱層雲が空を満遍なく覆い尽くしていた。雨が降りそうで降らない台湾北部によくある天気だ。

　海に近い基隆駅から山側へ暫く歩くと、「中正公園」と書かれたアーチ型の門が現れた。門の柱は白い石でできており、屋根は中華風の瑠璃瓦（るりがわら）だった。門を潜った先は長い石の階（きざはし）で、両側は蒲葵（びろう）などの樹が植えられ鬱蒼（うっそう）としている。階段を上り切ると広場があり、その隣には唐突に幼稚園が建っていて、黄色い幼稚園バスが止まっている。広場の一角に小さな池があり、日本の神社でよく見かけるような石灯籠がいかにも場違いというふうに池の中で佇んでいる。

広場から暫く歩くとまた長い階段があり、やはり中華風の門がその頂上に鎮座し、門の両側には阿吽一対の狛犬が木陰に隠れるように身を潜めている。門の後ろは、戦死した軍人を祀っているという派手な中華風建築の忠烈祠だった。忠烈祠からまた階段を上っていくと急勾配の坂道に出て、道の両側はやはり樹々が植わっており、蒲葵の細長い葉っぱが微風に吹かれて揺れている。道なりに上っていくと、左側の土塀の上に一列の灰白色の石の羅漢像が見えてくる。目的地は坂を上り切ったところにあった。

そこは中正公園の一番高いところで、仏教の寺院になっており、白い石の柱と橙色の瑠璃瓦でできた色鮮やかな山門が目印だ。門の両側には一対の象の石像があり、門を潜るとその先にある広場の中央に、巨大な白亜の観音菩薩像が立ち現れる。

その観音像は島にあったものほど高くはないが、ざっと見積もって二十メートルはあった。観音像は伏し目がちになっており、両頬はやや福々しく、長い裳を身に纏い、左手で巻物を握り、その手の甲には優雅に右手が重ねられている。観音像の蓮の花の台座の前方には、金の文字で「慈航普渡」と刻まれている。観音像を正面から見上げながら、私は思わず両目を閉じて手を合わせた。

目を開けると、ジェシカは不思議そうな表情で私を見ていた。

「マヤちゃんが仏教を信じてるのは知らなかったな」

私は微笑みを浮かべながら、軽く首を振った。

「別に仏教は信じてないよ」

「じゃなんで観音様を見るためにわざわざここまで来たの？」

「そうだね」

無事不登三寶殿、という慣用句が頭に浮かんだ。私は観音像を仰ぎ見ながら、暫く考えた。「別の何かを信じたいからかもしれない」

子供の時に住んでいた島にも、巨大な真っ白な観音菩薩像があった。その観音像は小高い丘の上に聳え立っていて、像の高さは中正公園のこれの二倍以上だった。その像は実質的に仏教の寺院で、中に入って参拝することができる。像の中は仏教の経典を集めた書庫があり、観音菩薩を祀る仏間もあった。毎年二回、母はその観音像へ出向いてお参りする習慣があり、私もその都度連れていかれた。赤いカーペットの敷かれた荘厳な仏間に跪く母は、祭壇に祀られた小さな観音菩薩像に向かって合掌し、私には聞き取れない小さな声でお経を唱えた。そして何度か叩頭をし、また唱え続けた。

今でもその観音像を思い出すと、廊下をびっしり埋め尽くす無数の金の仏像が真っ先に脳裏に浮かぶ。廊下は薄暗く、天井に近いところは青い光が当てられ、スピーカーからは読経とも歌ともつかない宗教的な音声が流れていた。その厳かながらもどこか不気味に感じられた空間に身を置くと、大きく息をするのも憚られた。

それらの金の仏像は、信者が観音像に納めた胎内仏なのだ。普通に生活しているだけでもあまり余裕がないのに、母は胎内仏を納入する資金を貯めるために更に生活費を切り詰めていた。家出の時に私が持ち出した金も、寺に寄付するための簞笥預金だ。

「お母さんはとても信心深いね」

難しい言葉を噛み砕いてジェシカに説明すると、彼女はそう言った。

「今なら、彼女が信心深かった理由は、何となく分かるよ」

中正公園の観音像を見つめながら、私は言った。

母に連れられて観音像に参った時、母は時々自分の生まれ故郷の話をして私に聞かせた。母の故郷など当時の私にはさほど関心がなかったので、その内容は今やほとんど覚えていないが、そこは港町だったこと、島と同じで大きな観音像があったこと、そして「ジーロン」という響きだけが記憶に残った。

「じゃ、お母さんは基隆出身なんだ！」

ジェシカは驚嘆の溜息を漏らして言った。「私と同じだね」

「ああ、めちゃくちゃ頑張って母から逃げたのに、結局は母と同じ出身の女に引っかかったなんて、一体何の巡り合わせだろうね」

と私が言うと、ジェシカは頬を膨らませ、「その言い方！」と不満げに言った。

「ごめんごめん」

笑って謝りながら、しかし世間一般的に、親と同じ出身地の人間と結婚する場合の方が、ひょっとしたら多いのかもしれない、と思った。あの島だって、多くの人間の一生は島の中で完結するだろう。島で生まれ、育ち、勉強し、働き、恋愛し、結婚し、また子供を産む。美しい命の循環、閉じられた完璧な輪。その輪に閉じ込められるのが嫌で、私は逃げ出したのだろう。

手を伸ばし、私はジェシカの手を握った。彼女の手を握ってはじめて、自分の手が冷たくなっていることに気付いた。

「マヤちゃん、どうしたの？　……手、震えてるよ？」

訝しげに訊いたジェシカの言葉通り、私の手は小刻みに震えている。手だけではない。胃の中もびくびく震えている。ジェットコースターに乗っている時のような重力を奪われた感覚が下腹部を襲ってくる。観音像の周りの広場は家族連れの行楽客で賑わい、子供たちはメロディペットやバンパーカーに乗って遊んでいて、それらの喧騒は長いトンネルの向こうから伝わってくるようだった。

目を閉じて、一度深呼吸をする。そして再び目を開け、今度はジェシカの顔をまっすぐ見つめた。

「聞いてくれる？」と私は言った。

私の緊張と不安と恐怖が綯い交ぜになった感情がジェシカにも伝わったのか、彼女も私を見つめながら、しっかり頷いた。

「子供の時、父がよく母に暴力を振るっていたことはジェシカにも話したことがあると思うんだけど、父が母に暴力を振るうようになったのは、実は私が原因だったの」

爸爸，我要坐熊熊（パパ、クマちゃんに乗りたい）！ と親に小銭をねだる子供の声が聞こえた。只能坐一次喔（一回だけだぞ）！ と笑いを含んだ父親と思われる男の声が返事した。

「あれは本当に小さい時のことで、たぶん小学校に上がる前のことだったと思うんだけど、あまりにも昔のことだから、私自身もつい最近まで完璧に忘れていたの。基隆にある観音像を検索したらこの公園がヒットして、ネットで色んな写真を見ているうちにまた記憶が蘇ってきたというか、朧気なイメージが急に浮かんできたの。すると今度は私が住んでいた島の観音像のことも検索して、同じように写真をたくさん眺めていると、記憶がどんどん鮮明になっていった」

これ以上立ってはいられないと感じ、私はジェシカの手を握り、観音像の前の階段に並んで腰を下ろした。見上げた空は相変わらず暗い雲に覆われている。ほとんど茶色や灰色や白しか使わない、わびさびを感じさせる日本の寺とは違い、道教と融合した中華系仏教の寺院はいつも極彩色に彩られている。中正公園の観音像の両側は金の漆を塗った派手な獅子像が鎮座していて、周りの伽藍や東屋も鮮やかな赤と金と橙色ばかりだ。曇天の下で、子供たちのはしゃぎ声は堂宇の間に木霊している。

「あの日、私は一人で部屋にいた。絵を描いてたかもしれないし、片仮名の練習をしていたかもしれない。家の中はとても静かで、誰もいなかった。気付いたら日が沈んで、窓の外は真っ暗になった。島では夜になると本当に真っ暗になるからね、島全体が深い眠りに沈むみたいに静まり返るの。そのうち私もうとうとし始めて、そのまま布団も敷かず、畳の床で横になって寝たの。

揺さぶられて起こされると、まず酒臭い荒い息が鼻を突いた。真っ暗な部屋の中で、父は顔が真っ赤に赤らんで、へらへら笑いながら私を見つめていた。いや、ほんとは電気がついてたかもしれない、じゃないと父の顔の色なんて分からないもんね、でもとにかく私の記憶では、部屋は真っ暗だったの。父は私を抱き上げて、机の上に座らせた。父の身体から酒の臭いにおいがする度に悪いことが起こると、幼い私でも分かっていた。あの日も、何かものすごくよくないことがこれから起こるだろうというはっきりした予感はあったけど、それが何なのか分からないから、私は震えたばかりで抵抗しようとしなかった。

あの時、私は真っ赤なワンピースを着ていた。たぶん母に買ってもらった、あの時のお気に入りだったと思う。父は私を机に座らせると、大きな掌で身体をあちこち撫で回した。親が子供を可愛がるような手つきではなくて、何やら乱暴さ、嫌らしさを感じるような撫で方だったけど、それは結局どう違うのか当時の私にはよく分からなくて、そもそも親が子供を可愛がるような撫で方ってどんなのか私にはよく分からなかったから、違いが分からないわけで、でも本能と言うべきだろうか、私は抵抗しようとしたと思う。でもあの大きな手にはもちろん敵わなくて、父は何かで私の手を縛って、たぶんズボンのベルトだと思うんだけど、私が嫌だと叫んでもひたすら撫で回し続けて、そしてワンピースのスカートをたくし上げて、そして、そして、そし――」

身体中の毛という毛が逆立つような恐怖が記憶の奥深いところから湧き上がり、気付けば私は声が震え出し、言葉が詰まっていた。氷室に閉じ込められたように際限なく襲ってくる寒気に体温をどんどん奪われていって身震いが止まらず、そして、そして何度も同じ言葉を繰り返し、先へ進むことができなかった。

私に握られているジェシカの手が引き抜かれたのを感じ、次の瞬間、彼女は両腕で横から私を抱き締め、頭を抱き寄せてそっと抱え込む。ちょうど南アメリカとアフリカの海岸線がぴったり当てはまるように、私の頭は彼女の顎の下、首のくぼみにぴたっと収まった。ジェシカの香りが私を包み込み、ジェシカの体温が私を暖めていく。

「大丈夫、無理して話さなくていいよ」

ジェシカは私の耳元で囁くように言う。彼女の湿っぽい息が顔にかかってどことなくくすぐったい。

「ダメ、ちゃんと話さなくちゃ……」

ジェシカの温もりを感じながら、独り言のように呟いた。「ちゃんと言葉にしなくちゃ、あれはずっと記憶の深いところにこびりついて離れないの」私はジェシカの腕にしがみつき、「聞いて、ジェシカ、ちゃんと聞いてね」と懇願した。

「分かった、聞くよ、何でも聞く」ジェシカは優しい声音で囁いた。

ジェシカの腕の中で、私は一度深呼吸をしてから話し続けた。

「父は私のスカートをたくし上げて、下着を下ろして、私の身体を触り始めた。何かとても嫌な音が、黒板に爪を立てるような音が耳鳴りのように襲ってきて、頭が痛くなった。どうすればいいか、何をすべきか、何故こんなことをされているのか、などと考えを巡らしているうちに、頭の中の糸みたいなものがどんどん引き絞られていって、限界まで引き絞られていって、そしてぷつんと切れてしまって、私は自分が、自分の身体を離れていくようなふわふわした感覚になって、実際に部屋に浮いて、手を縛られて触られている自分の身体を見下ろすような感じになって、目の前がくらくらし始めて世界が逆さまになったような感じがして、そして部屋も父も自分も、ぐにゃあと、こんにゃくのように曲がっていくの」

震えながら一度息継ぎをし、私は言葉を継いだ。

「その時、母が部屋に入ってきて、体当たりで父を突き飛ばした。父は床に倒れて、机とか棚とか色々ぶつかったから大きな音がしたはずだけど、私には何も聞こえなかった。それから父と母は何か喚き散らしながら激しく喧嘩したけど、私はやはり何も聞こえなかった。聞き取れないんじゃなくて、聞こえなかったの。目の前の全てが音のないスローモーションみたいになっていて、二人は魚のようにただ口をパクパクさせているように見えた。

父が母に手を上げるようになったのはそれからだったの。父は二度と私に手を出さなかったけど、その代わりとでもいうように、お酒を飲むといつも母を殴った」

話し終わって暫くの間、二人とも黙り込んだ。ジェシカは優しい手つきで私の頭をゆっくり撫でた。

「お母さんが守ってくれたんだね」

私はジェシカの腕に抱かれたまま小さく頷いた。

「今にして思うと、きっと島の観音像が母にとって唯一の心の支えだったんでしょう」

あちこち走り回ったり、様々な動物の形をしたメロディペットに乗ってはしゃいでいる子供を眺めながら、私は言った。「母も子供の頃、よくここへ遊びに来ていたのかもしれない。来る度に、この観音像を見上げたのかもしれない」

「唯一じゃないと思うよ」

とジェシカが言った。「たぶんお母さんにとって、マヤちゃんも心の支えだったんだと思う」

「そうかもね。だから私を離そうとしないし、自分の理想ばかり私に押し付けた。自分とは違う幸せな人生を歩んでもらうことで、母も救われたかったのかもしれない」

私は溜息を吐いた。「ただ、幸せというものに対する母の想像力があまりにも偏っていて、あまりにも限られていた」

いつの間にかこぼれて頬を伝って落ちる涙の雫を、ジェシカは温もりの籠もった指で掬い上げた。その指はそのまま私の頬を優しく撫でた。

「お母さんに会いたいと思わない？」とジェシカが訊いた。

私は黙ったまま返事しなかった。冷たく湿っぽい風が吹き抜けて、分厚い暗雲も目に見えるスピードでどんどん流れていく。

「この観音像は上まで上れるけど、行ってみる？」

また暫く沈黙が流れた後、ジェシカが訊いた。「海も見えるよ」

「行く」

と私は答えた。元々上ってみるつもりだった。島にあった観音像も最上階まで上れて、そこの展望窓から瀬戸内海の景色を一望できた。観音像の背面に小さな「平安門」が開いていて、そこから観音像の中に入れるようになっている。中はあちこちに小さな観音像が祀られていて、壁に施されたレリーフまでもが観音菩薩だった。中にある石の階段を上っていくと、最上階である五階に着いた。島にあった観音像の最上階は十何階だっけ？　歩いて上った記憶はないから、エレベーターもあった気がする。階段を上りながら、私は考えた。

最上階の窓からは、基隆港まで眺められた。果てしなく広がる大海原の景色というより、海が占めるのは視界のほんの一部に過ぎず、あとは市街地のマンションやビル、港を出入りするフェリーや貨物船のごちゃごちゃで埋め尽くされていた。相変わらず灰色の雲が空を覆い、遠くの山まで続いていた。

近くに、中正公園の来歴を紹介する説明板があった。難しい中国語で書かれていて私には読めないので、ジェシカに翻訳してもらうよう頼んだ。

「なんか、中正公園は昔、日本時代に、日本の神社だったらしい」

解説を読みながら、ジェシカは教えてくれた。「名前は基隆神社、あるいは……これ、読めない」

ジェシカが指で差しているところに、中国語の漢字で「金刀比羅神社」と書かれている。「ことひらじんじゃ」と私は読み上げた。

「……金刀比羅神社。さっき私たちが通った、『中正公園』って書いてあった門は、元々は神社の鳥居で、長い階段が参道だったね。それと、忠烈祠は神社の本殿だったって書いてある」

ジェシカの説明を聞いて、目から鱗だった。何故ここに来る途中に石灯籠や狛犬があったのか、ようやく分かった。それらは、神社だった時期の名残りなのだ。

読めもしない説明板と睨めっこしながら、私は暫く言葉を失った。説明板には、基隆神社だった時のモノクロ写真も印刷されている。その写真は頭の中で、今いる観音像と、島にあった観音像とが次第に融合し、ごちゃ混ぜになっていく。

ここ、台湾で一番日本に近い港町である基隆で生まれ育った母は、子供の頃から、かつては神社だった公園の観音像の足元で、観音様を見上げていた。大人になって日本の離島に渡ってからは、子供時代に見上げていた観音様に思いを馳せながら、島の観音像を心の支えとしていた。そして今度はその島で生まれた私が、まるで観音様に導かれるように、この観音像の足元へ戻ってくる。得体の知れない大いなる循環にしっかり組み込まれてぐるぐる回っているような、どこか気味の悪い、それでいて不思議な気持ちになった。

「あ、ねぇ、見て見て！」

物思いに耽っていると、ジェシカは嬉しそうな声で私の腕を引っ張りながら言った。引っ張られたまま窓辺へ行き、外の景色に目を向けた。

空を覆い尽くしていた分厚い雲の層がいつの間にか割れていて、その切れ間から太陽の光が漏れ、幾筋もの金の光の束となって港に降り注いでいた。港を出入りしている船は、天啓を浴びているかのようだった。

「天使の梯子だね」と私が言った。

「てんしのはしご?」とジェシカは繰り返した。

「うん、この光、日本語では天使の梯子って言うの」

風が吹いているのだろうか、雲は依然として視認できる速度で移ろってゆく。時間が経つにつれ広がっていく雲間から射し込む光の束も、次第に太くなっていった。その光の中には無数の金の粉が舞っているかのように見え、それらの金の粉は、視界を僅かに占める海の切れ端にまぶされていく。あの切れ端みたいな水でもちゃんと途方もない大海に繋がり、あの日本の離島にも繋がっているという当たり前の事実が、何だかとても不思議に思えた。海を眺めていれば、対岸にいる誰かと向かい合っているはずだ。向かい合っているけれど、決して互いの姿が見えない。見えないけれど、確実に繋がっている。

「マヤちゃんが嫌なら、全然いいんだけど」

天使の梯子を眺めながら、ジェシカが言った。「いつかお母さんに会いに行かない？」

私は黙って返事しなかった。ジェシカは話し続けた。

「私も一緒に行くよ。今は難しいかもしれないけど、いつか感染病が終わって、もっと自由に行き来できるようになったら、一緒に行こうよ」

「いつになるんだろうね」

海の切れ端に視線を向けたまま、私は独り言のような小さな声で言った。「そのとき母も私たちもみんなまだ生きているといいんだけど」

「きっと大丈夫だよ」とジェシカは言った。

何を根拠に大丈夫と言うのかと、私は少しおかしい気持ちになった。

「そうだね。人は簡単に死ぬのかと思えば、案外なかなか死なない頑丈なとこあるからね」

ジェシカと同じ方向を眺めながら、私は言った。「でもまずは、年夜飯、でしょ？」

ジェシカは私に向き直り、にこっと笑った。

「今日は美味しいものをお腹いっぱい食べよう」

ジェシカと手を繋ぎ、私たちは金の粉でできた天使の梯子に背を向け、石の階段を一段一段踏みしめながら、ゆっくり観音像を下りていく。

【初出】

本書は、U-NEXTオリジナル書籍として書き下ろされ、二〇二一年十月十五日に刊行された電子書籍を、紙の書籍としたものです。また、この物語はフィクションであり、実在する団体・人物等とは一切関係がありません。

◎李 琴峰（り・ことみ）
一九八九年台湾生まれ。日中二言語作家、翻訳家。二〇一七年、初めて日本語で書いた小説『独り舞』（講談社）が群像新人文学賞優秀作を受賞し、作家デビュー。二〇一九年発表の『五つ数えれば三日月が』（文藝春秋）は芥川龍之介賞と野間文芸新人賞のダブル候補となる。二〇二一年、『ポラリスが降り注ぐ夜』（筑摩書房）で芸術選奨文部科学大臣新人賞を、『彼岸花が咲く島』（文藝春秋）で芥川賞を受賞。他の著書に『星月夜』（集英社）がある。

観音様の環

二〇二三年四月七日　初版第一刷発行

◎著者＝李琴峰
◎いけばな＝廣内翔真　◎写真＝池田昌紀
◎ブックデザイン＝森敬太（合同会社飛ぶ教室）　◎編集＝寺谷栄人　◎発行者＝マイケル・スティリー　◎発行所＝株式会社U－NEXT／〒一四一・〇〇二一　東京都品川区上大崎三・一・一　目黒セントラルスクエア／電話＝〇三・六七四一・四四二二（編集部）／〇五〇・三五三八・三二一二（受注専用）
◎印刷所＝シナノ印刷株式会社

ISBN:978-4-910207-75-9 C0093 定価（本体900円＋税）